D1325934

CHEVAL-TONNERRE SUR LA PISTE DE SANTA FE

DU MÊME AUTEUR

dans la même collection :

DIS-MOI COMMENT TU MARCHES

Série « Fils de la Flibuste »

COURSE-POURSUITE AUX CARAÏBES
LES RÉVOLTÉS DU « KILLARNEY »
LE TRÉSOR FABULEUX DES INCAS
LES RESCAPÉS DE LA MER DU SUD
LES DIABLES DE LA JAMAÏQUE
L'OR DU GALION FANTÔME
POUR UNE POIGNÉE DE DOUBLONS
LE BUTIN DE CARTHAGÈNE
L'ÎLE DES BOUCANIERS PERDUS

Série « Il était une fois le Far West »

CHEVAL-TONNERRE SERA TON NOM
CHEVAL-TONNERRE CHEZ LES FACES PÂLES
CHEVAL-TONNERRE ET LES CHERCHEURS D'OR

MARC FLAMENT

CHEVAL-TONNERRE SUR LA PISTE DE SANTA FE

ILLUSTRATIONS DE FRANÇOIS DERMAUT

HACHETTE

AVANT-PROPOS

Jeune Irlandais, John émigra en Amérique dans la seconde moitié du XIXe siècle. Sa famille fut massacrée avec un convoi de pionniers sur la piste de l'Oregon. Les Indiens Lakotas de la tribu des Sioux lui apprirent durement sa vie d'homme dans la Prairie.

Des années passèrent.

Adolescent plus tout à fait un Blanc, ni totalement un guerrier lakota, les uns l'appelèrent l' « Indien » et les autres « Cheval-Tonnerre ». Mais peu importe.

Si son nom est parvenu bien vivant jusqu'à nous, c'est qu'il vécut des aventures étonnantes.

En voici une.

Authentique héros, il posséda ce qui permet à l'homme de survivre dans un univers sauvage comme le fut l'Ouest : la force et le courage, l'amitié de quelques humains, la connaissance parfaite des secrets de la nature, et l'espoir d'un avenir meilleur.

Ce fut là sa réussite.

Nous savons que ce sont des hommes comme lui qui construisirent les Etats-Unis d'Amérique, et leur esprit pionnier n'est pas près de s'éteindre.

M. F.

CHAPITRE PREMIER

A KANSAS CITY

« ALLEZ, l'Indien, suis-moi : je te paie le *skull varnish*, le « vernis à crâne »! Dieu seul sait dans combien de semaines nous arriverons au bout du voyage!

— Mais, capitaine... je ne vous ai pas dit que je partais avec vous! Je ne vous ai rien promis. Je...

— Allons, viens tout de même! »

D'un pas traînant, je suivis le capitaine Barneys jusqu'à l'entrée du saloon. Sans aucun enthousiasme, car je savais ce qui m'attendait. Le « vernis à crâne » est un curieux mélange de whisky et de mélasse : après deux verres, on a l'impression d'avoir la cervelle logée dans le crâne avec un chausse-pied...

Le saloon était bondé.

Autour de moi, le long de l'immense comptoir d'acajou, les hommes commandaient leurs verres de *skull varnish*. Ils jetaient un dollar sur le zinc, puis balançaient l'alcool d'un seul coup dans leur gorge. Je me demandai s'ils y prenaient du plaisir car ils restaient impassibles.

La fumée du tabac me piqua aux yeux, tant elle était dense. Mais à peine entré dans le saloon, celle de la poudre s'y mêla : un homme fut abattu de trois coups de revolver dans un coin de la salle, peut-être parce qu'il avait triché au jeu. Ce règlement de compte laissa les buveurs indifférents.

Le capitaine Barneys m'entraîna jusqu'au comptoir. J'acceptai sans gaieté de cœur de prendre un verre, un seul par politesse, ayant besoin de toute ma tête pour rester lucide.

Le capitaine leva son verre :

« A notre succès!

— A notre... santé! »

Le goût du *skull varnish* ne m'étonna pas trop : j'avais déjà avalé des boissons autrement *surprenantes* chez mes frères les Indiens Lakotas. Elles n'étaient guère agréables à boire et restaient assez peu dangereuses. Mais la plus répandue demeurait le whisky, apporté jusqu'au cœur de la Prairie par les trafiquants blancs : elle avait été présentée au début comme une eau-médecine qui donne des visions, les

Indiens y avaient pris goût rapidement. Des guerriers, pourtant très sains, étaient alors devenus fous, d'autres avaient tué leurs frères puis s'étaient jetés avec leur poney du haut des falaises dans des ravins profonds. Les femmes indiennes ne les avaient pas pleurés longtemps, car elles sont fatalistes.

Deux nouveaux coups de feu claquèrent sur notre droite, ce qui me fit penser qu'une ville « civilisée » comme Kansas City était beaucoup plus dangereuse à vivre que la Prairie sauvage.

Je ne me trompais pas.

Mais j'ignorais encore qu'à partir du troisième verre j'allais me retrouver embarqué dans une drôle d'aventure. Et que l'itinéraire serait la piste de Santa Fe...

*
* *

« Santé!

— Mmm... »

Nous bûmes cul sec.

Une bouffée de chaleur se répandit en moi. Elle me monta un peu à la tête et je me sentis bien. Je me raclai la gorge pour annoncer au capitaine Barneys que je n'étais pas décidé à partir avec lui, ainsi qu'il me l'avait demandé. Je clignai des yeux, cherchai les mots pour attaquer, puis ouvris la bouche.

« Hello!... »

Le capitaine Barneys se retourna, sourit, ricana, puis frappa de grandes claques les épaules d'un homme arrivé près de nous.

« Ce vieux Steed, toujours bon pied, bon œil! Et encore prêt à partir trafiquer, hein?

— Sûr, capitaine!

— Je crois que tu serais même capable de vendre ta propre peau aux Indiens, pour en faire des mocassins!

— C'est bien possible! Mais pour l'instant, je ne suis pas dans la chaussure!... »

Ils rirent de cette bonne plaisanterie.

L'homme était plutôt grand, assez corpulent, au teint basané. Il avait déjà dû traîner pas mal sur les pistes. Une barbe en broussaille, noire comme du jais, lui élargissait le visage. Ni jeune, ni vieux, assez bien habillé : le portrait même du trafiquant de la Frontière. En temps normal, je l'aurais méprisé. Là, au milieu de la fumée des cigares, de tout ce bruit, de la chaleur que je ressentais en moi, je le trouvai plutôt sympathique : le *skull varnish* devait commencer à faire son effet...

Steed vint me regarder sous le nez, se gratta la tignasse et remarqua d'un ton ironique :

« Je ne connais pas ce... cet Indien, capitaine! De quelle tribu est-il donc? Ce n'est pas un Grosventre, ni un Sans-arc, ni un Teton...

— Peu importe! fit Barneys. Il nous sera utile.

— Il vient avec nous?

— Bien sûr, qu'il va venir avec nous! »

Je voulus trouver la force de protester, mais aucun mot ne sortit de ma bouche. Je me mis à sourire bêtement.

Malgré mes dix-sept ans, j'en paraissais certainement beaucoup plus. Le grand vent de la Prairie et

14

le dur soleil des *Pa Sapa*, les « montagnes sacrées »[1], avaient buriné mon visage. Je n'avais plus d'européen que mes cheveux rouges d'Irlandais, et encore étaient-ils rasés sur les deux côtés de ma tête, réduits sur le haut du crâne à une mèche de scalp! Ici, parmi les Blancs, j'étais cependant habillé à la façon des *mountainmen*, d'une chemise et d'un pantalon en peau de daim, ornés de longues franges aux coutures. C'est Topsonnah, « Fleur de la Prairie », qui me les avait fabriqués. Je crois qu'elle avait mis toute son affection pour moi dans ce travail, et je me sentis soudain tout ému. Je passai la main sur la manche de ma chemise de peau, rendue magnifiquement blanche grâce à une argile particulière tirée du sol de la Prairie. Oui, Topsonnah avait beaucoup d'affection pour moi et je n'aurais peut-être pas dû la quitter pour venir jusqu'à Kansas City...

1. Les Black Hills.

Je pensais à cela lorsqu'un homme particulière-
ment éméché s'approcha de nous. Il regarda Steed,
m'aperçut. Son regard se glaça d'un seul coup. Ses
paupières se plissèrent, il s'immobilisa. Sans le quitter des yeux, je devinai la lenteur de son geste...

Il allait me tuer, car je n'aurais pas le temps de
tirer mon couteau à scalper de ma ceinture. Mon
cœur cessa de battre et, à la seconde même où son
arme jaillissait dans sa main, le Colt du capitaine
Barneys aboya près de moi. L'homme fit un bond
en arrière et s'écroula au pied du comptoir. Deux
buveurs le prirent sous les bras et par les pieds
pour le sortir du saloon.

« Pourquoi cet homme a-t-il voulu te tuer? me
demanda le capitaine Barneys. C'était ton ennemi?

— Non. Je ne l'avais jamais vu...

— Bah! ricana le vieux Steed. Ce n'est pas une
grosse perte! Je le connaissais bien : c'était un trafiquant d'armes plutôt malhonnête.

— Un concurrent, en somme? ironisa le capitaine
Barneys.

— Si l'on veut. Allez, c'est ma tournée! »

Steed tint absolument à nous payer deux verres de
plus. Mes résolutions s'envolèrent et je bus sans
broncher : je crois que le *skull varnish* donne encore
plus soif qu'une limonade trop sucrée. La tête
commençait à me faire mal.

« Maintenant que tous les gars sont là, dit le capitaine Barneys, nous pourrons partir dans deux jours.

— Mes chariots seront prêts, capitaine! Je ne tiens
pas à rester à la traîne pour végéter ici!

— Je te comprends, vieux voleur! Moi aussi, je

compte bien m'amuser une fois arrivés à Santa Fe! »

Ils se mirent à rire d'un air entendu : Santa Fe était la Babylone du Nouveau-Mexique! La ville de l'orgie et de tous les vices... pour ceux, bien sûr, qui avaient de l'argent...

Le capitaine Barneys tint à payer une nouvelle tournée. Encore une, à laquelle succéda inévitablement celle du vieux Steed. Pour moi, ce fut la catastrophe et le comptoir commença à tanguer devant mes yeux.

« Alors, l'Indien, tu t'es décidé? Tu viens avec nous à Santa Fe?

— Je... je... »

Le visage flou du capitaine me souriait, perdu dans la fumée. Je répondis à son sourire. Cet homme venait quelques minutes plus tôt de me sauver la vie. Il n'avait pas hésité à tuer un être humain pour le faire. Un sentiment de reconnaissance pour lui me submergea, probablement provoqué par l'effet de l'alcool. Il fallait que je le remercie. Je parvins à articuler avec difficulté :

« C'est d'accord... capitaine... je veux... veux bien partir avec vous...

— Magnifique, l'Indien! Allez, arrosons cela!

— Voici une bonne nouvelle! approuva le vieux Steed. Ce bon Indien nous sera fort utile pour palabrer avec les guerriers des tribus!

— Humm... fit le capitaine Barneys, j'y compte bien! Allons, fêtons ça dignement! »

L'esprit empêtré dans les vapeurs de l'alcool, je souris bêtement et continuai à boire. En Irlande, autrefois, j'avais vu fêter ainsi beaucoup d'événements heureux. Mais mon père ne buvait jamais, manquant sans doute d'occasions et ayant beaucoup de mal à nous élever. Tout cela était loin, très loin. Et même le visage de Topsonnah, ma « Fleur de la Prairie », se transformait de plus en plus en un rêve imprécis : seule, elle marchait au milieu du campement, semblant ne pas me voir.

Comme si j'avais été rejeté hors du cercle de la nation lakota, et qu'elle m'avait oublié...

*
* *

Je ne sais pas du tout comment nous sortîmes du saloon. Je me souviens seulement qu'on m'aida à marcher, puis qu'on me porta jusqu'à une grange, en me tenant par les bras et les pieds. Je riais comme un fou, prononçant de temps en temps des phrases sans suite. Car les idées se bousculaient dans ma tête, et je n'arrivais pas à les exprimer : ma langue était plus lourde qu'un bison mort!

« Ici, il sera bien pour dormir vingt-quatre heures! lança le vieux Steed.

— Oui. Et pendant ce temps, il ne se sauvera pas! conclut le capitaine Barneys. Allons boire un coup, à présent...

— Bonne idée! »

On me laissa tomber sur la paille qui jonchait le sol, puis ce fut le trou noir.

J'avais fermé les yeux et mon cerveau était en feu. Je me sentis très malade. Mes membres ne m'obéissaient plus. Je ne savais presque plus où je me trouvais... Le capitaine Barneys... le vieux Steed...

oui, j'étais chez les Blancs, à Kansas City... qu'étais-je venu chercher là? Je n'en savais plus rien.

Un peu de calme se fit enfin en moi. Les yeux clos, je repensai à ce que j'avais quitté : la Prairie et mes frères indiens, la paix et la vie simple au milieu de la nature.

La porte de la grange était restée entrouverte. Les bruits confus de la ville me parvinrent : j'étais revenu parmi la civilisation blanche, à la recherche de l'enfant irlandais que j'avais été, peut-être aussi de mon âme.

Jusqu'à présent, je n'y avais récolté qu'une cuite monumentale. Et ce n'était pas fini : j'avais promis de suivre le capitaine Barneys jusqu'à Santa Fe!

Je vomis dans la paille et décidai de me sauver dès que je pourrais tenir sur mes jambes. C'est à ce moment-là qu'une voix me parvint faiblement :

« Hé, maudit Indien, écoute ce que je vais te dire... »

Je me soulevai avec peine, regardai autour de moi. Mes yeux s'étant habitués à la semi-pénombre, je distinguai trois formes allongées comme moi un peu plus loin dans la paille. Visiblement, la grange servait à entreposer les buveurs incapables de se tenir debout.

« Viens ici, maudit Indien! »

Je me traînai vers les corps étendus. Le premier était un cadavre déjà froid, le second aussi. Je compris alors que l'on venait déposer là les hommes qui se faisaient tuer dans le saloon. Triste compagnie! En une fraction de seconde, je revis la scène du bar : l'homme soûl faisant jaillir son arme pour me tuer.

Je m'approchai du troisième corps : c'était lui. La balle du capitaine Barneys ne l'avait pas tué, mais il ne valait guère mieux...

*
* *

L'homme était condamné et il le savait. Sa veste de drap avait absorbé comme une éponge le sang sur sa poitrine. Il respirait difficilement, la bouche ouverte. D'une voix sifflante, il me dit :

« Approche... Je sais que je suis foutu. Mais je ne veux pas partir comme ça. N'empêche que tu es un sale Indien!... »

Il voulait visiblement me parler mais non sans réticences! Peu m'importait qu'il parle ou non : j'avais de nouveau l'estomac au bord des lèvres.

L'homme respira avec précaution, puis reprit :

« Pourquoi le capitaine Barneys veut-il t'embaucher pour le convoi de Santa Fe?... C'est un coup fourré du vieux Steed, hein?

— Je... je n'en sais rien...

— Tu es dans la combine?

— Quelle combine? »

L'homme ne me répondit pas tout de suite. Pourquoi un moribond s'intéressait-il tellement à moi? Je ne tardai pas à l'apprendre :

« Le vieux Steed ne l'emportera pas en enfer, sale Indien! Je veux me venger de lui : il... »

Epuisé, il s'arrêta. Son histoire de vengeance ne m'intéressait pas du tout. Par reconnaissance pour le capitaine Barneys qui m'avait sauvé la vie, j'avais promis d'aller à Santa Fe, mais je n'y tenais pas. Alors, combine ou pas dans cette affaire de convoi...

« Ecoute, sale Indien... Je ne sais pas de quel bord tu es, mais il faudra empêcher cette crapule de Steed de réaliser son coup...

— Quel coup?

— Livrer des chariots d'armes aux Faces Rouges... La demande est forte et ils payent en pépites d'or. C'est pour se débarrasser des pionniers qui leur volent la terre, tu comprends, sale Indien? »

Il esquissa un rictus. Ecœuré, je le laissai cependant poursuivre :

« ... Pour précipiter les événements, le vieux Steed a l'intention de *doubler* les Indiens...

— Comment?

— Je n'en sais rien exactement. De toute façon, après le massacre de quelques familles de pionniers,

21

il compte bien faire monter les prix : dans les ranches, on donnera une fortune pour un fusil et une poignée de cartouches! »

Avec regret, l'homme s'arrêta de nouveau. Ses yeux brillaient de fièvre et d'excitation : comme il regrettait de mourir pour ne pas vivre tout cela! Il reprit :

« En voulant te tuer dans le saloon, je croyais déjouer les plans du vieux Steed, mais je vois que je me trompais : tu n'es pas dans le coup.

— Le capitaine Barneys marche dans cette affaire, lui aussi?

— Non. Steed et sa bande se serviront simplement de lui. Ensuite... pan! un accident... Il faut arrêter ça, sale Indien!

— Pourquoi? Pour sauver l'homme qui t'a blessé à mort?

— Non... Pour me venger, je te dis : tout ce que fera le vieux Steed, ce sera à ma place. Nous étions associés et c'est moi qui avais apporté l'idée. Malheureusement, il était en train de me doubler, comme il l'a toujours fait avec tout le monde... »

Décidément, tous ces Blancs étaient de sacrées crapules. J'avais du mal à comprendre tout ce qui se tramait autour du capitaine Barneys et du convoi de Santa Fe. Près de moi, l'homme s'était tu. Il s'évanouit, ayant sans doute perdu trop de sang. Moi je m'endormis aussitôt après, ayant bu beaucoup trop d'alcool...

CHAPITRE II

EMBARQUÉ DANS UNE SOMBRE HISTOIRE...

« Dégage de là, l'Indien, qu'on enlève cette paille!
Allez, ouste!... »

Le lendemain, je fus réveillé sans aucun ménagement. Je ressentais un mal au crâne à peine supportable. Je me mis sur mes pieds. Autour de moi, les cadavres avaient disparu...

Il était tard, je sortis de la grange. Dans la rue, l'animation était grande. Je fis quelques pas en évitant d'aller en direction du saloon, craignant de tomber sur le capitaine Barneys ou le vieux Steed. J'aurais été bien incapable d'avaler quoi que ce soit, et encore moins le plus petit verre de *skull varnish*...

Hommes et animaux allaient dans tous les sens. C'était le grand rassemblement dans ce quartier de la ville. Des chariots encombraient la chaussée, s'enfonçant dans les ornières du dernier hiver. Des tas de marchandises diverses s'amoncelaient devant les boutiques et cent odeurs différentes agressaient mes narines. J'eus un haut-le-cœur.

Apercevant un abreuvoir avec une pompe, j'allai me rincer la figure et les mains. Je bus deux gorgées d'eau fraîche sous le nez d'un équipage de mules qui me fixèrent d'un air réprobateur. Je n'en tins aucun compte car je n'étais pas d'humeur à discuter.

Décidément, cette idée de venir me refrotter à la civilisation blanche ne me valait pas grand-chose! Celui-qui-sait, mon ami le voyant-guérisseur du campement, m'avait cependant laissé en faire à ma tête. Il n'avait pas voulu me conseiller, parce qu'il me considérait comme un homme, alors que je n'étais encore qu'un jeune guerrier assez fou.

J'avais récolté ce que j'étais venu chercher : une migraine phénoménale. Et je ne devais m'en prendre à personne, même pas au capitaine Barneys, qui m'avait cependant entraîné à boire par traîtrise. Mais ne m'avait-il pas également sauvé la vie?

Ah, il m'avait repéré d'emblée, celui-là! Devinant tout de suite que je pourrais lui être utile, il n'avait pas hésité à me faire boire pour tuer toute volonté

24

de lui résister, et se servir de moi. Que lui avais-je promis, déjà? Ah oui, d'aller avec son convoi jusqu'à Santa Fe.

Une sacrée randonnée, jalonnée de dangers.

Je préférais ne pas y penser. Seulement, il y avait cette conversation avec l'homme agonisant sur la paille, qui continuait à me trotter dans la tête...

*
* *

Le convoi devait quitter Kansas City le lendemain matin à la première heure.

Dans le temps, les caravanes partaient d'Indépendence, construite en 1827 : à cette époque-là, c'était l'âge d'or du commerce de la fourrure, mais les événements changeaient souvent, aussi vite que reculait la frontière.

En attendant, je ne savais où diriger mes pas.

Les jambes encore un peu molles, je m'arrêtai en plein soleil. La tête me faisait toujours aussi mal, et la lumière me vrillait douloureusement le crâne : je rapetissai les yeux jusqu'à ce qu'ils ne fussent plus que des fentes minuscules. Avec mon visage hâlé par les intempéries, mes tempes rasées et mes yeux plissés, je savais que je devais ressembler plus que jamais à un Indien : une femme qui traversait la rue fit en effet un détour pour passer loin de moi.

Cela me laissa indifférent.

Je restai un long moment immobile, observant avec attention autour de moi. Comme dans les plaines sauvages, tout ce qui m'entourait avait un sens profond. Les visages entrevus, la démarche des gens, leur costume et leur équipement m'en disaient plus que si j'avais vécu dans cette ville depuis plusieurs semaines. Mon regard accrochait le moindre détail, la plus petite chose. Ainsi la traque et le sentier de la guerre que l'on suit habituent-ils les guerriers à rester toujours sur leurs gardes.

Je pensai que cette expérience acquise devrait me servir, dans les semaines à venir : que se tramait-il avec cette histoire de trafic d'armes pour les Indiens? Il me faudrait avoir l'œil et en parler avec le capitaine Barneys. Puis je m'inquiétai de mon poney laissé dans un corral à l'entrée de la ville : cela me changerait un peu les idées en attendant le départ.

En fin d'après-midi, j'allai dans la rue principale où le convoi se trouvait rassemblé. Soixante-trois chariots prendraient la piste. Certains attelages étaient composés de bœufs, d'autres de mules du Missouri, supérieures aux bêtes importées du Mexique, payées cependant deux cents dollars la paire.

Arrivé en tête de la colonne, je rejoignis le capitaine Barneys et son groupe de guides. Mon visage était fermé. J'espérais encore vaguement que le chef du convoi pourrait se passer de moi en me rendant ma parole.

Mais je me trompais.

Il m'accueillit au contraire avec un large sourire. Et le vieux Steed qui se trouvait près de lui lança avec un clin d'œil :

« Regardez, les gars! voilà l'Indien!... »

Certains regards, aussi rapides que l'éclair, ne

me plurent pas du tout et ne firent que confirmer mes sombres pressentiments...

*
* *

Le capitaine Barneys se racla la gorge, puis me demanda :

« Hum... comment faudra-t-il t'appeler, mon gars ?

— Cheval-Tonnerre est mon nom. Mes frères lakotas de la tribu des Sioux m'appellent ainsi.

— Nous ne sommes pas des Sioux, remarqua sèchement Harry Colton. Et je t'appellerai l' « Indien »! Pas autrement!..

— Moi aussi, moi aussi! » dirent quelques autres.

Après tout, cela m'était bien égal. Cheval-Tonnerre ne voulait pas dire grand-chose à leurs yeux. Aussi, c'était sans importance.

« Oui, je t'appellerai l'Indien! »

Harry Colton était un grand gaillard au visage taillé à la serpe. Ses yeux très bleus avaient des lueurs indéfinissables, sous des sourcils en broussaille. La plupart du temps, une ride profonde barrait son front et il crachait à intervalles réguliers un jus de chique noir à dix pas. C'était le lieutenant de Barneys. Apparemment, son caractère taciturne venait de ce qu'il avait dû vivre longtemps en solitaire dans les montagnes. Je devinai aussi qu'il devait avoir eu des démêlés avec les Hommes Rouges au cours de ses aventures dans l'Ouest.

Le capitaine Barneys reprit :

« ... bon, l'Indien, tu nous serviras de pisteur. Mes guides connaissent bien la route jusqu'à Santa Fe,

28

mais ce n'est pas suffisant pour arriver vivants là-bas : ce sera à toi de jouer les éclaireurs, pour détecter les pièges éventuels de la piste. Si nous avons affaire aux Indiens hostiles, tu devras négocier, traiter avec eux, dans le meilleur intérêt de notre convoi, bien sûr... »

Harry Colton cracha sur le sol, puis laissa tomber :

« A la rigueur, je saurais lire les traces aussi bien que toi, mais pour ce qui est des Indiens, je n'ai jamais pu m'entendre avec eux! »

J'avais deviné juste et, pour moi, cela commençait bien! Je ne relevai pas et m'apprêtai à m'éloigner. Mais apparemment, le capitaine Barneys tenait à tout prix à sympathiser avec moi. Il me prit le bras et nous fîmes quelques pas :

« Tu sais, Harry est un peu brusque, comme ça, mais il a un bon fond! Tu t'entendras bien avec lui, j'en suis sûr. D'ailleurs, je tiens à ce que tout le monde s'entende bien : en cas de danger... »

C'était la moindre des choses! Je ne pus m'empêcher de sourire. Mais je me sentais tellement détaché de tout! Je n'avais pas de bien en propre à défendre. Je ne possédais que mon poney, mon couteau à scalper et mon arc de mûrier. Par contre, si je pouvais être utile en évitant un affrontement entre les tribus indiennes et les *traders*, les commerçants du convoi...

« Devant le danger, dis-je, le cœur de l'homme reste le même, qu'il soit indien ou blanc.

— Je suis de ton avis, l'Indien : mais va faire comprendre cela à un esprit comanche ou apache! Ils...

— Je sais qu'ils ont tous une âme droite.

— Bon... Nous verrons bien, le moment venu! En attendant, tu devrais te familiariser avec notre caravane, pendant qu'elle est encore à l'arrêt. Observe tout : les hommes, les bêtes, le matériel. Si quelque chose te paraît clocher, préviens-moi avant le départ, c'est plus prudent!

— Bien, capitaine.

— Heu... pour ce qui est du paiement de ton travail...

— Nous parlerons de cela lorsque nous serons au bout de nos peines, si vous voulez bien.

— C'est parfait! »

Peut-être aurais-je dû lui parler à ce moment-là des projets du vieux Steed à son égard et de son trafic d'armes destiné aux Indiens? Je me tus, craignant qu'il ne mette mes révélations sur le compte des verres de *skull varnish* ingurgités la veille...

*
* *

Sans me presser, je remontai toute la colonne en observant les passagers du convoi à la dérobée : ce n'était plus de la simple curiosité, car pour vivre avec les hommes il faut d'abord les connaître. Je comptai ainsi cent vingt hommes pour guider et escorter les véhicules jusqu'à Santa Fe : les *bull-whackers* ou bouviers, et les *mule-skinners* ou muletiers qui prendraient un soin jaloux de leurs attelages durant cette longue épreuve. Tout cela faisait un mélange d'Américains, de Mexicains, de Noirs, de métis, tous armés, prêts à s'insulter, à se battre entre eux, à tuer et à mourir.

Chaque *trader* avait bien préparé son départ. Les chariots semblaient en parfait état pour se tirer honorablement de tous les pièges de la piste. Et je retrouvais là l'éternel *Conestoga wagon* qui m'avait amené dans l'Ouest avec ma famille [1], de même que le *Prairie shooner* [2], ou « navire de la prairie ». L'un et l'autre offraient pour l'instant leur violent bariolage aux couleurs nationales : timon et roues d'un rouge vif, coque bleu de Prusse et bâche blanche. Mais mile après mile, ces tons vifs disparaîtraient bientôt sous la poussière, le sable et la boue.

J'arrivai à hauteur du vieux Steed en train de surveiller son chargement. Ses hommes faisaient la navette en allant chercher des colis et des caisses, d'énormes ballots entassés dans un entrepôt assez important. Entièrement construit en planches, sa façade portait une grande enseigne peinte :

MARCHANDISES EN TOUS GENRES, A. STEED, PROP.

Marchandises en tous genres! Quelle ironie! Dans ces caisses bien clouées se trouvaient des centaines d'armes à tuer! Probablement toutes neuves, bien huilées, avec leur acier froid et leur mécanisme de précision : outils efficaces conçus pour un massacre...

---

1. Voir *Cheval-Tonnerre sera ton nom,* dans la même collection. Longueur hors tout : 7,80 m. Hauteur : 3,30 m. Il pouvait transporter quatre tonnes.
2. Version légèrement réduite du *Conestoga wagon.* Ses roues étaient énormes : 1,40 m à l'avant, 1,75 m à l'arrière. Bandages d'acier de 13 cm de largeur sur 2 cm d'épaisseur! Charge utile : trois tonnes.

Le vieux Steed m'aperçut et me lança aussitôt :

« Alors, l'Indien, ça va mieux? On peut dire que, hier soir, tu étais plutôt drôle! Et gai, aussi! Tu riais, tu parlais tout seul, ou peut-être bien avec le... Grand Esprit! Enfin, il fait bon s'amuser de temps en temps, pas vrai? Nous remettrons cela une nouvelle fois lorsque nous serons arrivés à Santa Fe. Mais en attendant, j'ai beaucoup de travail! »

Je ne pus m'empêcher de sourire : si l'homme croyait que je passais par là pour me faire payer un verre, il se trompait lourdement!

« Oui , j'ai beaucoup de travail, dit-il encore. Et il faut avoir fini avant la nuit! »

Le vieux bonhomme possédait cinq chariots. Bien sûr, il ne pourrait s'occuper que d'un seul sur la piste, aussi avait-il confié la conduite des autres à des « garçons » de confiance. Il me les présenta rapidement :

« Voici Chumbley, Bill Jordan, Martin Cross et Pedro Torrès. J'espère que nous ferons tous une bonne route ensemble!

— Mmm... »

Je fus incapable de prononcer une parole plus intelligible, et le vieux mit cela sur le compte du *skull varnish* de la veille. Mais c'était plutôt parce que la tête de ses « garçons » ne me revenait pas plus que la sienne! Si Chumbley et Martin Cross restèrent indifférents, Pedro Torrès ricana, un cure-dent au coin de la bouche. Il arborait de grosses moustaches aux pointes retroussées et pointées vers le ciel. Une cicatrice le défigurait, barrant sa joue gauche de la tempe au menton, toute blanche sur

Il me les présenta rapidement. →

sa peau olivâtre. De toute évidence, il n'était pas Américain, mais Mexicain légèrement métissé d'Arapao.

Quant à Bill Jordan, grand et svelte, bâti en force, il me fusilla d'un regard qui aurait dû me foudroyer au moins à vingt pas!

Finalement, l'équipe du vieux Steed représentait un ramassis de belles canailles, mais je préférais oublier ce détail et ne plus penser qu'à la mise en route de notre convoi. Car le voyage serait long et difficile. Les *traders* souffriraient pendant des centaines et des centaines de miles avant d'arriver au Nouveau-Mexique, vendre leurs marchandises et toute leur pacotille. Ils ramasseraient quelques milliers de dollars et tout serait dit. Je me sentais peu de choses en commun avec eux. A part, bien sûr, les dangers de la nature ou ceux des tribus hostiles que nous aurions peut-être à affronter ensemble. A ce moment-là, j'oublierais d'un seul coup la sale tête de Bill Jordan et les réticences de Harry Colton.

Pour ne plus penser qu'à vendre chèrement notre peau, et défendre aussi éventuellement nos scalps. Mais, entre-temps, il me faudrait déjouer les plans tortueux du vieux Steed. Je ne savais pas encore comment m'y prendre. Au fait, pourquoi ne pas faire sauter ses cinq chariots?

*
* *

« *Hua, Waya! Gee-up! Woha!* »
Des cris s'élevaient dans toutes les langues tout le long de la colonne des chariots. Les feux qui

avaient chauffé le café jetaient quelques lueurs, on éteignit les torches. C'était encore l'heure où le chien et le chacal se confondent, mais il fallait partir tôt.

Le capitaine Barneys abaissa le bras d'un coup sec.

« Yaaahh!... »

Sollicitées par le fouet, les mules s'arc-boutèrent dans les harnais, les bœufs plièrent la tête sous le joug. En passant devant moi, le vieux Steed me fit un clin d'œil amical, presque complice :

« A Santa Fe, mon gars! A Santa Fe! »

Ses « garçons » évitèrent mon regard. Les cinq chariots du vieux *trader* étaient lourdement chargés, peut-être même un peu trop : tiendraient-ils le coup longtemps sur la piste?

Un attelage noir nous doubla pour s'arrêter à la sortie de la ville. C'était le corbillard qui transportait trois caisses : dans l'une se trouvait une vieille canaille qui voulait se servir de moi pour la venger, à défaut d'avoir pu me tuer...

CHAPITRE III

JE FAIS LA CONNAISSANCE DU JEUNE TEX

« L ES INDIENS, les Indiens! cria le jeune Tex. Ça y est : ils vont nous attaquer!

— Du calme, petit! Nous ne risquons rien : ce ne sont pas des hostiles.

— Dommage... »

Des heures durant, le jeune Tex aimait remplacer son père pour conduire le chariot des Parker. Sur le siège avant rembourré plus mal qu'avec des galets de rivière, il redressait les épaules et tenait les rênes avec ostentation, n'accordant pas un seul regard aux autres équipages. C'est ainsi qu'il avait aperçu les Indiens, immobiles à un quart de mile à droite de la piste.

Parmi notre convoi se trouvaient en effet deux familles. Le capitaine Barneys avait été réticent pour les accepter, à cause des dangers de la route. Puis, ne voulant pas passer pour un timoré, il s'était laissé convaincre à la dernière minute.

Les Parker avaient trois enfants : deux filles et le jeune Tex, un gamin de sept ans qui n'avait pas froid aux yeux, le père s'appelait Jérémie. Les Doolin, eux, n'avaient qu'un garçon à peu près de mon âge, appelé Roy. Les uns comme les autres allaient s'installer au Nouveau-Mexique, prétendant que la fortune leur sourirait là-bas mieux que partout ailleurs.

Le jeune garçon insista :

« Comment sais-tu que ces Indiens ne vont pas nous attaquer?

— Comme ça... Ce serait un peu long à t'expliquer. »

Moi, j'avais *senti* leur présence depuis longtemps déjà.

Je chevauchais lentement, à la vitesse du convoi. Légèrement penché sur l'encolure de mon poney, je lisais sur le sol la vie de la Prairie. Aucun détail du paysage ne pouvait m'échapper. Et, avant tous les autres, je saurais déceler l'approche d'un danger, s'il s'en présentait un. Mais, en ce début de voyage, nous n'avions heureusement pas grand-chose à craindre. Cent quarante-cinq miles seulement séparaient Kansas City de Council Grove. Cette petite ville où abou-

36

tissaient de petites pistes venues du Missouri, dernière étape avant la grande traversée.

Pour l'instant, nous traversions le territoire des Osages, qui sont une tribu pacifique. Ils s'accommodaient depuis plusieurs années de la présence des Blancs, tout en restant à l'écart de la civilisation. Nous en apercevrions ainsi de temps en temps, assez loin en dehors de la piste, à nous observer sans rien dire.

Harry Colton cracha son jus de chique. Avec son caractère taciturne et son visage taillé à la serpe, il n'était pas beaucoup aimé. Imbibé de whisky dès le lever du soleil, il ne se liait pas et restait silencieux, comme prisonnier de lui-même. En fait, il avait peu d'amis et beaucoup d'ennemis.

« Sales Indiens! laissa-t-il cependant tomber. Ce sont des êtres sans importance. Plus vite ils disparaîtront de ce pays, mieux ça vaudra! Je ne vois pas ce qu'ils peuvent apporter dans une ère de progrès comme la nôtre, non, vraiment, je ne le vois pas! »

Jamais il n'avait prononcé une phrase aussi longue! L'un des guides se trouvant près de lui approuva bruyamment :

« Oui, ils sont sales, voleurs, paresseux, de vrais sauvages.

— Moi, je n'en ai jamais vu un seul travailler, dit un autre. Ils ne sont même pas capables de gratter la terre pour semer quelques graines. Ils s'accroupissent sans rien faire, et je suis sûr qu'ils pourriront un jour sur place!

— Sûr. »

Je ralentis mon poney pour me retrouver à la hauteur du capitaine Barneys, qui se trouvait alors vers le milieu du convoi sur son cheval rouan. Comme d'habitude, il était impassible. Ancien éclaireur civil, il observait à droite et à gauche de la piste et, durant la matinée, nous aperçûmes des groupes d'Indiens Osages à plusieurs reprises.

Les guerriers osages semblaient avoir perdu la fierté de leur race. Craintifs, ils se tenaient drapés dans leurs couvertures rayées orange, pourpre, vert, rouge et bleu. Des chefs de petits clans venaient même parfois regarder passer notre convoi. Ils portaient sur la tête de vieux sombreros, croyant peut-être capter ainsi un peu de l'autorité des Blancs. Ils y perdaient leur dignité.

Je jugeai qu'il me fallait parler sans tarder au capitaine Barneys des projets du vieux Steed, en lui racontant tout ce que j'avais appris l'autre nuit dans la grange. Voudrait-il me croire, lorsque je lui annoncerais aussi le danger qu'il courait? Il fallait que je trouve les mots justes pour le convaincre. J'ouvris la bouche.

« Repars chevaucher en tête du convoi! m'ordonna à ce moment-là le capitaine Barneys. Tu es inutile à mes côtés. »

Je ne pus retenir un léger mouvement de contrariété, mais je m'exécutai. Il faudrait que je trouve un meilleur moment pour lui parler, par exemple le soir même à l'étape.

Je dépassai quelques chariots. M. Parker avait repris les rênes et son fils Tex marchait à côté des mules pour se dégourdir un peu les jambes.

Mme Parker et Mme Doolin me saluèrent gentiment au passage. Je ne leur répondis que d'un léger coup de tête. Ce n'était pas de la fierté de ma part, mais je n'aurais su que leur dire.

Soudain, j'entendis des petits pas derrière mon poney. Je me retournai et vis le jeune Tex, qui se porta à hauteur de ma monture. Il leva la tête vers moi.

Toujours souriant, il me demanda :

« Alors, monsieur l'Indien, quand allons-nous être attaqués ? »

Je ne répondis pas. Il insista :

« Est-ce demain que les Indiens vont venir ? Ma mère a dit... »

Je me méfiais beaucoup de ce que peuvent dire à leurs enfants les mères de famille qui ont toujours peur de quelque chose.

« Les Indiens n'attaqueront pas, dis-je d'une voix bougonne, pour couper court.

— Pourquoi?

— Parce que nous sommes trop nombreux.

— Alors, ils ont peur?

— Non. »

Il aurait fallu des heures pour lui expliquer cela. Même le capitaine Barneys comprenait difficilement que les Indiens puissent attaquer le convoi simplement sur un coup tête. Par fantaisie ou pour le plaisir, selon l'impulsion du moment. Ses années de vie passées à sillonner l'Ouest ne lui avaient pas suffi pour saisir la complexité de l'âme indienne...

« Ma mère a dit que si les Indiens arrivent... reprit le jeune Tex.

— Tais-toi! Et sors-toi des pattes de mon poney! »

Il continua de trotter auprès de moi pendant plusieurs minutes. Bientôt, il commença à avoir du plomb dans les jambes et trébucha contre les pierres de la piste à plusieurs reprises.

« Allez grimpe! Mais ne dis plus un mot! »

Je lui tendis la main et l'enlevai d'un coup sec pour l'installer à cheval devant moi. Il avait gagné.

Sans tenir compte de mon avertissement, il se mit aussitôt à parler comme cent commères de la ville :

« Tu sais, l'Indien, je n'en ai pas l'air comme ça, mais j'ai dix ans déjà. Ou presque. Dans deux ans, j'aurai un cheval. Mon père m'a dit qu'il n'était pas question de m'en acheter un avant longtemps. C'est très embêtant. Alors, je lui ai répondu que j'en volerais un s'il le faut!

— Si tu es pris, tu seras pendu.

— Je sais. Je connais la loi. Du coup, ce que j'ai dit a fait pleurer ma mère, forcément. Mais je l'ai rassurée : si je vole un cheval, je ne me ferai pas prendre. Avec l'argent que je gagnerai en vendant des troupeaux de vaches, celles qui ont de longues cornes, je m'achèterai des bottes mexicaines avec des éperons en or massif. Mon sombrero sera si grand, que je n'aurai pas besoin de plisser les yeux comme toi pour regarder à l'horizon. J'aurai un ranch, aussi. Avec des milliers de bêtes que j'élèverai pour la viande. Je les marquerai au fer rouge et, même si on me les vole, je pourrai les reconnaître. Ma marque sera TP, comme Tex Parker.

— Hum...

— Oui, je serai éleveur. Peut-être que je ferai de la culture, aussi, pour mes enfants. Je verrai. Parce que je n'aimerais pas trop être fermier, alors ce seront mes enfants qui s'occuperont des champs. Ils feront beaucoup de maïs.

— Pourquoi du maïs? Tu ne peux pas dire cela aujourd'hui, sans savoir...

— Si! Parce que pour mon ranch, je choisirai de la terre à maïs! »

C'était un drôle de petit phénomène, un sacré caractère, que ce Tex Parker! A Santa Fe, il n'aurait pas fini de se bagarrer avec les jeunes Mexicains de son âge! Il se calmerait lorsqu'on lui aurait un peu cassé la tête, un bras ou une jambe. Mais en attendant, il repensait aux Indiens :

« Peut-être que si les guerriers rouges ne nous attaquent pas, ce sera nous qui leur tirerons dessus?

— Certainement pas : les hommes comme ton père savent que pour arriver sans ennuis au Nouveau-Mexique, il faudra que chacun reste vigilant, mais surtout très discipliné.

— Tu crois qu'ils le seront?

— Bien sûr! »

Je me trompais.

*
* *

Au bout d'un mile et demi, j'avais redéposé le jeune Tex à terre : il était vraiment trop fatigant. A peine les pieds sur le sol, le garçon avait repris sa conversation avec les mules de tête de son attelage :

« Tu sais, Tête de Mule, je n'en ai pas l'air comme ça, mais j'ai plus de douze ans. Et je suis déjà un homme. Bientôt, j'élèverai des troupeaux de pur-sang. Cent mille, ou deux cent mille, je ne sais pas encore... »

Si plus tard il n'avait pas de ranch, avec son bagout il pourrait toujours faire du commerce. Ou de la politique. J'avais souri, regardant droit devant moi pour qu'il ne me voie pas.

Je regagnai la tête du convoi, ainsi que le capitaine Barneys me l'avait ordonné. Celui-ci me rejoignit au petit trot un peu plus tard. Arrivé à ma hauteur, son regard soucieux me frappa. Il hésita une seconde, puis :

« Viens me voir tout à l'heure, l'Indien!

— Quelque chose ne va pas, capitaine?

— Je t'expliquerai à la halte. Lorsque nous serons tranquilles tous les deux. »

Le capitaine devait avoir ses raisons. Et celle qui l'avait poussé à me parler ainsi devait être importante. De toute façon, cela servait mon projet de lui parler le plus tôt possible. Il fit demi-tour et piqua des deux vers les chariots du vieux Steed. Malgré le bruit des roues et le grincement des essieux, la voix de Bill Jordan me parvint. Il chantait. Comme il le faisait à longueur de journée, il fredonnait une chanson d'amour, et cela énervait tout le monde.

« Quelle idée de chanter toute la journée des refrains idiots, me dis-je. Apparemment, ça ne lui a pas servi à grand-chose : malgré ses rengaines d'amour, il est resté célibataire! »

Après tout, cela importait peu et chacun avait ses manies. L'essentiel était que tous fissent leur travail afin que le convoi ne prît pas de retard.

Le premier soir autour du feu de camp, alors que Bill Jordan se trouvait de la première heure de garde à un poste éloigné, le vieux Steed nous avait raconté :

« Bill est un bon garçon. Il est courageux et ne rechigne pas à la tâche. Je le connais depuis long-temps, bien avant qu'il ne se mette à chanter ses chansons d'amour...

— Pourquoi? demanda le capitaine Barneys. Il n'en chantait pas, avant?

— Certes non! Il était marié...

— Ah! »

Les *traders* burent quelques gorgées de café, tirè-rent sur leurs cigares. Les uns et les autres pensaient ce qu'ils voulaient, mais moi, je devinais que le vieux Steed n'avait pas fini son histoire. En effet, après avoir lancé une bouffée de fumée vers le ciel, il reprit, en évitant de regarder vers moi :

« Ouais, Bill est un brave gars. Mais il a beaucoup souffert. Il avait bâti une petite ferme et attendait son premier gosse. Un jour qu'il était absent, les Indiens sont venus et ont tué sa femme. Ça a été affreux, paraît-il. Je crois que c'étaient des Indiens de la tribu des Netdahes, ou des Tontos, des Mohaves ou des Aravaipas, je ne sais plus! Mais ça n'a pas d'importance : ils se ressemblent tous! Ils avaient bu et voulaient *s'amuser*... Lorsque j'ai connu Bill Jor-dan il s'était mis à boire lui aussi, depuis six mois. Encore un peu et il serait devenu une loque. Je l'ai pris pour travailler avec moi. Il s'est mis alors à chanter des chansons d'amour, pour oublier.

— Dans ces moments-là, fit remarquer Richard Moore, un *mule-skinner* sympathique, il doit être heureux comme avant?

— En réalité, sourit le vieux Steed, il est heureux tout le temps. Tout simplement parce qu'il nourrit un beau rêve.

— Et lequel? demanda un *trader* grand et sec.

— Celui de pouvoir supprimer un jour le plus d'Indiens possible!

— Ouais? fit Harry Colton d'un ton intéressé.

— Ouais. C'est pour cela qu'il travaille avec moi. Parce que je lui ai promis de lui en donner un jour l'occasion... »

Décidément, cette vieille canaille de Steed me paraissait encore plus méprisable! J'en vins à me demander s'il n'avait pas l'intention de massacrer les Indiens auxquels il destinait ses chariots d'armes : sa cargaison n'était peut-être qu'un beau prétexte pour voler les guerriers de leurs pépites d'or, sans rien leur donner.

A Kansas City, j'avais décidé de faire partie du convoi pour faire échec à cette fripouille et sa bande, mais je ne savais pas encore comment m'y prendre. Il fallait que j'en sache plus : le capitaine Barneys avait peut-être quelque chose à m'apprendre là-dessus...

CHAPITRE IV

UN DRAME SUR LA PISTE

« Non! Ne fais pas ça! Arrête, je te dis! »
C'était presque midi, j'allais en tête. Je venais
de laisser sur ma droite un petit détachement d'Osages : une dizaine de personnes drapées dans leurs
couvertures. Je crois qu'il y avait cinq ou six guerriers, des femmes et quelques gosses.

La chanson d'amour de Bill Jordan venait de
s'arrêter.

J'entendis une discussion animée à la hauteur des

chariots du vieux Steed. Puis il y eut un bruit de dispute violente, des jurons, des insultes. Je reconnus la voix forte du capitaine Barneys criant de nouveau :

« Arrête! Ne fais pas ça! »

Devinant qu'il se passait quelque chose de sérieux, je fis demi-tour mais, sur le moment, je ne pus rien voir : cela se passait de l'autre côté des chariots. Le vieux Steed avait arrêté le sien, bloquant la piste.

Arrivé sur place, je compris aussitôt : les « garçons » du vieux *trader* se bagarraient avec le capitaine Barneys. Je bondis à bas de mon poney pour lui venir en aide.

C'est à ce moment-là que plusieurs coups de revolver claquèrent en même temps : Chumbley, Martin Cross et Pedro Torrès le Mexicain avaient le leur à la main. Et Bill Jordan se mit à tirer à la carabine sur le groupe d'Osages qui nous regardaient! Je vis deux formes s'écrouler, d'autres se couchèrent sur le sol, et les enfants se sauvèrent en courant. Une Indienne se releva alors pour en rattraper un sans doute et le protéger. Bill Jordan épaula une nouvelle fois sa carabine, mais il n'eut pas le temps de tirer : d'un bond je fus sur lui, le saisissant à la gorge d'une main, déviant son arme de l'autre. Le coup partit vers le ciel.

Puis nous roulâmes sur le sol.

Les *traders* vinrent immédiatement nous séparer. Déjà, plusieurs des guides du capitaine Barneys arrivaient eux aussi. Celui-ci gisait par terre, tout près d'un chariot. Une large tache de sang s'étendait sur sa poitrine. Je m'approchai : il était sans connais-sance.

« C'est un accident, c'est un accident! beuglait le vieux Steed d'une voix furibonde.

— Ouais, et tout ça c'est à cause de ces sales Indiens! » renchérit un de ses « garçons ».

Les *traders* hochèrent la tête en silence. Ils étaient prêts à le croire pour éviter les histoires, mais je savais que c'était faux.

Qui de Chumbley, Martin Cross ou Pedro Torrès avait blessé à mort le capitaine Barneys? Personne ne le saurait probablement jamais. A mes yeux, le seul responsable était Bill Jordan, dont la folie de vengeance avait suffi à déclencher le drame.

Mais cela ne servait-il pas au mieux les funestes projets du vieux Steed?

*
* *

« Le capitaine Barneys est intransportable! dé-créta Mme Parker. Ab-so-lu-ment intransportable!

— Vous... croyez? demanda naïvement Harry Colton.

— Puisqu'on vous le dit! approuva avec violence Mme Doolin.

— De toute façon, nous n'en sommes pas à une demi-journée près, remarqua Richard Moore, le *mule-skinner* sympathique. En attendant, il faut le laisser en paix. »

Le capitaine Barneys n'était pas mort, mais il ne valait guère mieux. Chacun savait qu'il était perdu.

Une mousse rosâtre, faite de petites bulles, apparut au coin de sa bouche.

« Il n'en a plus pour longtemps, annonça Jérémie Parker. Il ne faut pas le bouger, cela lui évitera sûrement bien des souffrances. »

Le convoi ne repartit pas ce jour-là.

Le capitaine, très pâle, avait été étendu à l'ombre d'une bâche. Je ne pouvais rien faire pour lui et je me sentis inutile. Et puis, soudain, je me rappelai les Osages tombés sous les balles de Bill Jordan! Je bondis sur mon poney et galopai jusqu'à la petite éminence d'où nous regardaient les Indiens avant de se faire tirer dessus.

Naturellement, ils avaient disparu.

Sur les lieux, dans l'herbe rase et la poussière, je ne vis que quelques traces de sang, des traînées sèches faisant des taches brunâtres. Les Osages valides avaient emporté les corps, cadavres ou blessés. Une grande tristesse s'abattit en moi : pourquoi tout cela était-il arrivé?

Perdu dans mes pensées, je me remis en route pour rejoindre le convoi sur la piste. J'allai à pied car ce n'était pas loin. J'avais tout mon temps. Mon poney me suivait en broutant quelques tiges. Le capitaine Barneys était peut-être mort, à présent...

Je revis son visage plein de vie. Quelles avaient été ses paroles, la dernière fois que nous nous étions vus, en tête du convoi?

Il m'avait dit :

« *Viens me voir tout à l'heure, l'Indien!*

— Quelque chose ne va pas, capitaine?

49

— Je t'expliquerai à la halte. Lorsque nous serons tranquilles tous les deux. »

Par Wakan Tanka et toutes les forces de la nature, le capitaine Barneys avait découvert ce qui n'allait pas dans le convoi! Il voulait en discuter avec moi! Pourquoi ne s'était-il pas adressé à son second, Harry Colton? Etait-ce parce qu'il n'avait pas confiance en lui, qu'il le savait partie liée avec la bande du vieux Steed? Ou parce qu'il se soûlait dès le matin, et qu'il n'aurait pas pu compter sur lui, en cas de besoin?

Une certitude me frappa l'esprit : il fallait que je me rende auprès du blessé sans perdre une seconde. S'il reprenait connaissance il voudrait me parler, me confier ce qu'il avait découvert...

Je sautai sur mon poney, retrouvai le convoi.

Un cercle de *traders* entourait le capitaine étendu

sur le sol. Je me faufilai jusqu'à lui. Son état n'avait pas évolué. Le vieux Steed se tenait à proximité, les traits crispés... Sans doute parce qu'il se sentait tout autant responsable que ses hommes de ce qui était arrivé. Je ne vis pas Harry Colton, probablement en train de donner des ordres pour le départ du lendemain, car c'était lui désormais le chef du convoi. Mais, à différentes conversations échangées à mi-voix autour de moi, je compris qu'il aurait des difficultés à se faire obéir.

Vu l'heure, le cercle se desserra bientôt autour du capitaine Barneys : les hommes partirent vers leurs chariots pour faire la cuisine du soir.

Moi, je restai auprès de lui.

*
* *

Le blessé respirait difficilement, mais il ne saignait plus.

Le soir commença à tomber. L'obscurité se faisant rapidement, Mme Parker arriva, un candélabre allumé à la main. C'était un magnifique flambeau à cinq branches, apparemment en argent massif. Ce genre d'objet va généralement par paire, mais elle avait peut-être vendu l'autre pour pouvoir acheter son chariot. Sans doute avait-elle vendu aussi ses services de table, ses bibelots, ses meubles et ses fanfreluches. Comme les femmes du Nebraska, de l'Arkansas, du Missouri ou du Kansas, elle avait un jour sacrifié son foyer pour partir et prendre la piste...

Les ultimes rayons du soleil orangèrent les nuages

51

très haut dans le ciel. Une bonne odeur de bacon grillé stagnait maintenant autour des chariots, mêlée à celle de la sauge qui couvrait la Prairie.

L'obscurité vint d'un seul coup et les notes grêles d'un banjo montèrent dans la nuit.

Je ne sais pas combien de temps je restai ainsi auprès du capitaine Barneys. Sa blessure l'avait trop affaibli pour que nous puissions espérer pouvoir le sauver. Les deux filles Parker, Nella et Kate, vinrent à plusieurs reprises pour le veiller avec moi. Nella était la plus âgée et la plus belle, elle portait un élégant corsage gris tourterelle. Les jeunes *traders* aimaient la regarder et lui souriaient chaque fois qu'ils en avaient l'occasion, mais elle savait les tenir à l'écart. Elle resta auprès de moi malgré l'heure tardive et me dit soudain :

« Regardez : on dirait que le capitaine revient à lui!

— Vous avez raison. Il va mieux en effet. »

Le capitaine Barneys avait ouvert les yeux. Il regarda autour de lui, comme s'il revenait de très loin et qu'il ne reconnaissait pas les lieux.

Nella lui sourit et posa sa main fine sur son front couvert de sueur : des mains pareilles auraient été capables de réveiller des morts. Il plissa les yeux, semblant beaucoup souffrir, ouvrit la bouche.

« Je...

— Ne vous fatiguez pas, dit Nella. Reposez-vous et ne parlez pas. »

Je m'approchai de son visage pour qu'il me voie bien. Je voulais au contraire qu'il me parle. Je lui pris une main dans les miennes :

« C'est moi, l'Indien, Cheval-Tonnerre, mon capitaine! Cet après-midi, vous m'aviez dit de venir vous
voir : je suis là... Vous vouliez me parler..?

— Oui... Dans les chariots, l'Indien... dans les
chariots, tu trouveras... »

Sa bouche resta ouverte et ses yeux devinrent
fixes : il était mort.

Je reposai sa main sur sa poitrine, puis :

« Nella, avez-vous entendu ce que vient de dire
le capitaine Barneys à propos des chariots?

— Oui, mais il est mort... Oh, c'est affreux, affreux!

— Reprenez-vous, Nella! Et puis, surtout, ne dites
rien de ce que vous avez entendu!

— Pourquoi? Vous craignez... un danger?

— Peut-être...

— Alors, je me tairai.

— Bien, ce sera mieux pour vous. Je vais avertir
les autres. Maintenant rentrez à votre chariot : il
faut vous reposer.

— Je serai incapable de dormir!

— Essayez tout de même : demain, la journée
sera dure.

— Oui, demain matin, il faudra repartir.

— Alors bonne nuit. »

Elle fut sur le point de s'en aller, puis, après un
instant d'hésitation :

« A présent que le capitaine est mort, qui va nous
conduire jusqu'à Santa Fe?

— Je n'en sais rien, Nella, nous verrons bien. Allez,
bonsoir. »

Un nouveau chef de convoi serait nommé à l'étape
de Council Grove. Apparemment, le capitaine Bar-

neys était mort pour n'avoir pas voulu marcher dans la « combine » du vieux Steed. Si seulement j'avais pu le mettre en garde assez tôt...

*
* *

Je fis quelques dizaines de pas pour me dégourdir un peu les jambes, avec l'intention d'aller ensuite m'occuper de mon poney. C'est alors que j'aperçus la silhouette d'Harry Colton. Il discutait à mi-voix avec Pedro Torrès, l'un des « garçons » du vieux Steed. J'aurais bien aimé savoir ce qu'ils tramaient ensemble mais, dès l'instant qu'ils m'aperçurent, ils se turent. Je leur trouvai un air gêné, et cela confirma mon impression de complot entre eux.

Comme pour se donner une contenance, Harry Colton se gratta l'oreille, puis me demanda d'un ton détaché :

« Comment va notre capitaine?

— Il est mort.

— ... mort?

— *Madre de Dios!* fit le Mexicain en se signant d'un geste rapide. *Qué lástima!...* Quel malheur...

— Oui, renchérit Harry Colton. C'est un grand malheur. Un très grand malheur!... »

Avec son visage taillé à coups de serpe, son caractère taciturne et ses allures de solitaire, le lieutenant de Barneys me parut alors en « faire un peu trop ». Ses yeux bleus aux lueurs indéfinissables me fixèrent, comme animés soudain d'un très grand intérêt. Je ne puis dire très franchement que la mort du capitaine sembla lui procurer une joie véritable — mais je ne pourrais pas non plus affirmer le contraire.

Y avait-il en lui de la jalousie, de l'ambition refoulée? Faisait-il déjà des projets d'avenir?

Cela me laissa indifférent et je ne m'y arrêtai pas, croyant que cela ne pouvait me toucher en aucune façon.

J'avais tort.

*
* *

La mort du capitaine Barneys venait de me délivrer de ma parole donnée d'aller avec lui jusqu'à Santa Fe.

A présent, j'étais libre.

Je pouvais abandonner les Blancs et quitter le convoi sur-le-champ. Mais cette histoire de trafic d'armes avec les Indiens rendait pour le convoi la situation explosive. A qui étaient destinées les armes?

Aux Indiens Arapahoes, Navajos, Hopis, Pueblos? Aux Comanches, peut-être? Toutes ces tribus étaient hostiles, ennemies entre elles : il s'en trouverait bien une pour nous attaquer et prendre les armes destinées à des frères ennemis... Alors que je me dirigeais vers mon poney occupé à brouter l'herbe poussiéreuse, le jeune Tex m'aborda soudain :

« Maintenant que nous avons tué quelques Indiens, est-ce que les sauvages vont revenir en bande, pour nous attaquer? Ma sœur Nella dit que...

— Que fais-tu à cette heure à traîner autour des chariots?

— Je me renseigne pour savoir si les Indiens vont revenir! »

J'hésitai un instant, puis répondis à sa question :

« Non, je ne le pense pas. Les Osages sont des Indiens pacifiques. Je ne crois pas qu'ils reviendront pour se venger.

— Tu en es sûr? »

Je pinçai les lèvres pour ne pas répondre, car je n'étais plus sûr de rien. D'un ton bourru, je répliquai :

« Tu verras bien demain! Allez, ouste, va te coucher! »

A mon approche, mon poney releva la tête et je le pris par la bride. Je fis claquer ma langue pour lui parler, car j'avais besoin de me confier à quelqu'un, fût-il un animal. Il agita la queue, balança la tête en signe de compréhension et de plaisir.

Une pensée me vint à l'esprit. Plusieurs visages montèrent à ma mémoire : les femmes du convoi, dont Nella Parker, le vieux Steed et ses « garçons » aux mines de bandits, et tous les autres *traders* avec leurs conducteurs d'équipages. Leur avenir immédiat s'annonçait bien difficile...

« *Est-ce que les sauvages vont revenir en bande, pour nous attaquer?* » venait de me demander le jeune Tex.

C'était un brave gars, lucide et débrouillard. Comme moi, il savait ce qui risquait de leur arriver. L'esprit en déroute, je voulus douter encore. Pourtant, je ne pouvais pas abandonner les Blancs à cet instant.

Je devais rester.

Pour contrecarrer les plans du vieux Steed et détruire les chariots d'armes, car celles-ci ne pourraient profiter longtemps aux Indiens : une fois retournées contre les Blancs, elles appelleraient inéluctablement la mort de la Nation rouge...

CHAPITRE V

COUNCIL GROVE

« A MEN... »

Le capitaine Barneys fut enterré aux premières lueurs de l'aube. Cela se fit sans aucune cérémonie. Puis chacun s'affaira, plus rapidement que d'habitude, comme s'il avait hâte de quitter le lieu du drame. Harry Colton tira un coup de fusil en l'air pour donner le signal du départ.

D'ordinaire, celui-ci se faisait toujours parmi un grand tapage de rires, de cris rauques et de jurons.

Ce matin-là, les *bull-whackers* et les *mule-skinners* se contentèrent de faire claquer leur langue et leur fouet. Personne ne parlait. Les roues s'ébranlèrent en faisant grincer leurs essieux encore plus fort que la veille, comme pour se plaindre de la nouvelle étape qui commençait : avec l'enterrement du capitaine, personne n'avait pensé à graisser les moyeux.

Durant toute la journée nous traversâmes une étendue recouverte de sauge. En fin d'après-midi, j'aperçus des buissons rabougris et quelques troncs de saules. Mais cela était rassurant : la végétation était insuffisante pour dissimuler un important parti d'Osages, si ceux-ci avaient voulu nous attaquer.

Les chariots continuèrent d'avancer en cahotant sur la piste toute droite. Trace de roue dans trace de roue, inexorablement. Vers leur destin...

Lorsque le soleil se coucha, des hommes frissonnèrent près de moi. Car la plupart des *traders* n'étaient pas des hommes insensibles comme le sont souvent les aventuriers de l'Ouest. Commerçants avides de profit, beaucoup venaient d'Europe, ayant émigré pour faire fortune en Amérique. Ils avaient été épiciers sur le vieux continent et il leur en restait quelque chose. Les chariots étaient aujourd'hui leur « boutique », et ils craignaient sans cesse pour leur bien exposé ainsi au milieu de ces étendues désertes. Ils transportaient les marchandises les plus diverses : miroirs, pièces de soie, de laine et de coton, châles, outils, quincaillerie. Mais aussi des limes, des ciseaux, des aiguilles, des gants, du satin, du cachemire et des rasoirs.

Le capitaine Barneys était mort pour ces marchandises de troc, mais surtout à cause des chariots d'armes du vieux Steed...

« Nous arriverons demain à Council Grove! » annonça Harry Colton.

Cela fit plaisir à chacun, et à moi le premier.

A Council Grove, les *traders* devraient se réunir pour élire un nouveau capitaine : je profiterais de l'occasion pour dénoncer le danger du trafic du vieux Steed.

*
**

« Tous au *Council Oak*[1]! Rassemblement pour les élections!

— Je ne peux pas venir, il faut que je m'occupe de mes bêtes! s'excusa un homme en s'affairant auprès de ses bœufs.

— Elles peuvent bien attendre un peu : tout le monde doit être là!.. »

Lorsque tout le monde fut rassemblé, Harry Colton cria :

« Bon! S'il y a des malades, c'est le moment de le dire! Ils resteront ici : je n'ai pas envie d'avoir des bouches inutiles en chemin! »

Naturellement, lorsque sonne l'heure de l'aventure, chacun se sent toujours une santé de fer. Personne ne se déclara malade.

Je me demandais cependant si les femmes parties avec nous de Kansas City supporteraient la suite du long voyage. Mme Parker était une femme assez

1. Le chêne du Conseil.

60

forte, qui fatiguait vite, mais le transport en chariot ne l'affectait pas trop. Ses deux filles avaient la vigueur et la résistance de leur jeunesse. Quant à Mme Doolin, j'avais vu ses traits se tirer au cours des premières étapes. La fatigue la terrassait presque tous les jours en fin de soirée. Elle semblait souffrir d'un mal secret, mais faisait preuve d'un courage très grand.

Jérémie Parker ne signala donc rien à Harry Colton. S'il avait craint quelque chose pour elle, il aurait arrêté son chariot à Council Grove et attendu le prochain convoi, car il aimait beaucoup sa femme. A ce moment-là, je fixai Mme Doolin au fond des yeux, comme pour deviner le mal se cachant en elle. Son regard se fit implorant mais elle ne baissa pas les paupières.

Elle avait l'âme fière d'une véritable pionnière de l'Ouest.

Ses mains se crispèrent sur sa robe. Comme toutes les femmes américaines qui construisaient cette nation, elle savait s'équiper pour prendre la piste! Point de jupes longues et plissées de basin blanc, ni d'escarpins pointus. Des bottines ordinaires maculées de boue, une robe de calicot, une coiffe d'où s'échappaient quelques cheveux rebelles. Elle n'avait sans doute pas atteint la quarantaine, mais sa figure était déjà toute ravagée et sa peau lézardée. Le vent, la poussière et l'eau alcaline l'avaient attaquée pour en faire prématurément une vieille femme.

Dès que l'assemblée siégea sous le chêne du Conseil, les ennuis commencèrent. Tout le monde parlait à la fois et il aurait fallu l'autorité d'un homme comme le capitaine Barneys pour diriger les débats. Je m'avançai alors au milieu du cercle des *traders* :

« Le plus important n'est pas d'élire un nouveau capitaine, dis-je. Car il existe un danger bien plus grand, à l'intérieur même de ce convoi!

— En dehors des Indiens, je ne vois pas quel danger! lança un *mule-skinner*.

— Eh bien, c'est le trafic d'armes! Ici, il y a des chariots... »

Quelques hommes se mirent à ricaner :

« Nous avons transporté plus d'une fois quelques armes! Et le trafic a toujours été d'un bon bénéfice... »

Le vieux Steed, qui se sentait visé par mon attaque, prit la parole :

« Trafic d'armes ou pas, nos chariots arriveront en bon état à Santa Fe! Les armes ne nous font courir aucun danger! C'est un commerce honnête, destiné à d'honnêtes fermiers! »

Naturellement, je savais qu'il mentait, mais comment le prouver? Les *traders* approuvèrent en tirant sur leur pipe et je me rendis compte que plusieurs d'entre eux étaient sous l'emprise du vieux Steed. Je sentis le découragement me gagner.

Harry Colton prit ensuite la parole pour faire procéder au vote. Son ton était autoritaire et il semblait décidé à vouloir prendre le commandement, mais personne ne voulut de lui comme capitaine : décidément, il n'était toujours pas populaire!

« Moi, je veux quelqu'un qui soit « lucide » du matin jusqu'au soir! lança un *trader* avec force. Je n'ai pas envie de perdre toute ma marchandise dans cette affaire!

— Moi non plus! J'avais confiance dans le capitaine Barneys et...

— Il est mort : faut trouver quelqu'un d'autre!

— Prenons l'un des guides?

— Non, non! Un guide, c'est un guide. Pour diriger notre convoi, il faut de l'autorité... »

J'attendais qu'ils aient fini de régler leur affaire pour aller m'occuper de mon poney.

Je jetai un coup d'œil en direction d'Harry Colton : il chiquait avec désinvolture, comme s'il n'avait rien à attendre de cette réunion. Un mince sourire éclairait pourtant sa face tannée. Il savait dans quelle impasse se trouvaient les *traders*. Quelques noms furent avancés, puis rejetés aussitôt : bientôt, on se rabattrait sur lui...

C'est alors que Mme Doolin prit la parole :

« Mes amis, je n'ai pas l'habitude de me mêler de toutes ces histoires d'hommes, mais je veux dire ma façon de penser! Mme Parker et ses filles n'ont pas plus que moi l'intention de voir leur voyage se terminer par une catastrophe. Nous connaissons les dangers qui...

— Peggy, je t'en prie, où veux-tu en venir? demanda M. Doolin.

— Laisse-moi parler! Ce que pensent les femmes est aussi important que tout le reste!

— Bien sûr, reconnut un homme. Alors si vous avez une idée, madame, dites-la tout de suite!

— Oui, oui!

— Vous avez en tête le nom d'un homme qui

pourra nous mener sans encombre jusqu'au Nouveau-Mexique?

— Parfaitement.

— Qui verriez-vous?

— L'Indien! »

Le *wakinyan*, l'oiseau-tonnerre, aurait à ce moment-là poussé son cri tout près de moi, qu'il ne m'aurait pas surpris davantage. Je mis quelques secondes à réaliser la situation. Les hommes aussi, d'ailleurs. Mais Mme Doolin avait sans doute réfléchi à tout cela depuis la mort du capitaine Barneys : elle assena un certain nombre d'arguments, irréfutables à ses yeux :

« L'Indien ne boit pas de whisky en route, affirmat-elle. Il est sérieux et calme. Et puis, surtout, il connaît parfaitement les Indiens, au milieu desquels il va nous falloir passer. Depuis que *certains* s' « amusent » à leur tirer dessus comme sur des chiens de Prairie...

— Moi, je trouve qu'il est trop jeune, dit un *trader* mais sans grande conviction.

— Pas du tout! coupa le vieux Steed avec force. Voilà en effet une bonne idée! Bon Dieu, je m'en veux de ne pas l'avoir eue moi-même! Et sûr que je vote pour ce gars afin de l'avoir comme capitaine! Vous aussi, hein, pas vrai, les gars?

— Oui, oui! approuvèrent ses « garçons » après un léger temps d'hésitation. L'Indien est l'homme qu'il *nous* faut! »

Harry Colton ne dit pas un mot. Il cracha son jus de chique à cinq pas. Ses yeux clairs prirent une teinte d'ardoise sous la pluie. Son regard se fit dur,

Il cracha son jus de chique à cinq pas. →

froid, implacable. Enfin, son visage brûlé par le soleil et coloré par le whisky, devint sensiblement moins hâlé.

Je crois que durant toutes mes aventures dans l'Ouest, je n'ai jamais rencontré un homme qui ne m'ait autant haï que lui à cet instant.

Le vote se fit à main levée et je fus élu à une forte majorité. Tout cela était très régulier et je ne pouvais pas me dérober. J'en voulus presque à Mme Doolin de m'avoir piégé de la sorte. Juste au moment de lever la séance, Pedro Torrès fit signe qu'il avait quelque chose à dire. Il demanda :

« *Bueno, bueno*, tout céla il est parfait! Ma est-cé qué l'Indien, il connaît seulément la piste yousqu'à Santa Fe? »

Bien sûr, je ne la connaissais pas.

Mais les *traders* ne voulurent pas revenir sur leur décision. Il fut convenu que je devrais m'adjoindre un second connaissant parfaitement la route du Nouveau-Mexique. Naturellement, je fus d'accord avec eux. Mais la prudence la plus élémentaire voulait que je ne le choisisse pas parmi tous ceux qui m'entouraient.

Je décidai de le chercher dans Council Grove.

*
**

Ce fut Richard Moore, le *mule-skinner* sympathique, qui me sortit d'affaire :

« Tu sais, à part Harry Colton, personne ne voulait prendre ta place! Ça non! Parce que je te le dis : nous ne sommes pas arrivés! Mais puisque tu cherches un lieutenant, je connais un homme qui fera parfaitement ton affaire.

— Où peut-on le voir?

— Ici, à Council Grove, bien sûr! Du moins, s'il n'est pas... mort! La dernière fois que je suis passé ici, il parlait de repartir dans les montagnes. On l'appelle Clint Patte-de-bois... »

Richard Moore m'expliqua encore :

« Dans le temps, Clint était un fameux guide indien. Lorsque le Gouvernement envoyait une mission pour traiter avec les chefs de tribus, c'est lui qui la menait. Malheureusement, beaucoup de ces traités ne furent jamais respectés. Et Clint reçut un beau jour une flèche empoisonnée. Il n'était sans doute pour rien dans ces histoires de politique indienne, mais il y perdit la jambe. C'est lui-même qui se l'est coupée, comme il a pu, car il était tout seul, perdu dans la montagne. Quiconque à sa place serait mort ou serait devenu fou.

— Où puis-je le rencontrer?

— Nous le trouverons dans un entrepôt où il prend ordinairement ses quartiers d'hiver. Mais nous ne pourrons discuter utilement avec lui qu'au *Bailey's*.

— Au *Bailey's*?

— Oui. Dans le seul saloon où l'on peut boire du *Valley Tan* à cinquante *cents* le verre, ou emporter la bouteille pour huit dollars.

— A vrai dire, moi, tu sais...

— Le premier verre est dur à passer, reconnut Richard Moore. Mais une fois que le gosier est brûlé, le reste se boit comme du petit lait. »

Je me promis bien de ne pas tenter l'aventure.

Le *mule-skinner* me conduisit tout droit à l'entrepôt de Clint Patte-de-bois. Le bâtiment en planches jouxtait un *store*. Les fenêtres à barreaux ne donnaient guère de jour. L'air odorant et mélangé planait sur des entassements monstrueux de ballots ventrus, de boîtes, de caisses, de barils, de coffres, de sacs rebondis. Des pièces de cuir empilées voisinaient avec des tas de laine brute, des têtes de porcs coupées et salées, des lingots de cuivre couverts de vert-de-gris.

« Clint, es-tu là? appela Richard Moore. Clint, réponds-moi!...

— Miste' Clint, il est pas là! vint nous annoncer un négrillon à peine vêtu d'une culotte trouée. Mais lui va 'eveni', c'est sû'!

— Tu sais où le trouver?

— Ça, oui! Il est pa'ti p'omener son cheval!

— Alors, va lui dire que des messieurs l'attendent au *Bailey's*.

— D'acco'd : là, c'est sû' qu'il viend'a!

— Nous l'attendrons à l'extérieur, sous la galerie, fis-je à Richard Moore.

— Comme tu voudras. »

Nous l'attendîmes un peu plus de deux heures.

CHAPITRE VI

UN COMMANDEMENT DIFFICILE

C LINT BUCKNER dit Patte-de-bois porta la main à
son fusil protégé par un étui de cuir. Il chevau-
chait un louvet gris avec une magnifique selle mexicaine rouge vif, cloutée d'argent. Personne n'aurait
jamais songé à la lui voler, car il était le seul à
pouvoir l'utiliser, ayant supprimé l'étrier gauche
qui ne lui aurait été d'aucune utilité. Sa jambe de
bois était en fait un pilon assez rustique sur lequel
il ficelait la jambe de son pantalon avec des lanières

de cuir, pour l'empêcher de flotter, sans doute par souci d'élégance.

Richard Moore fit rapidement les présentations. Clint Patte-de-bois renifla dans ma direction en plissant les yeux. Il grogna, probablement de satisfaction puisqu'il dit :

« Allons nous mettre à l'abri dans le bar. C'est préférable! »

Le fait de vouloir entrer dans le saloon voulait dire tout à la fois que je lui plaisais, qu'il voulait se mettre à l'ombre ou encore qu'il avait soif.

Devant une bouteille de *Valey Tan* je lui exposai la situation. Elle parut l'intéresser suffisamment pour vouloir se joindre à nous et m'aider à mener le convoi jusqu'à Santa Fe.

« Voilà une tâche amusante parce qu'elle sera difficile! remarqua-t-il. Pourquoi fais-tu cela, petit? Pour de l'argent? »

Je haussai les épaules.

« Je ne le ferais même pas contre le plus beau poney de toute la Prairie!

— Alors pourquoi?

— J'ai comme une dette morale envers le capitaine Barneys. Il m'a eu par traîtrise au *skull varnish* : je m'en veux et c'est peut-être pourquoi je fais ce que je fais...

— Je vois! Ça ne m'empêchera pas de boire à ta santé! »

Puisque nous étions d'accord nous pourrions rapidement quitter Council Grove. Mais il me restait encore à régler le cas d'Harry Colton.

Le lieutenant taciturne et désagréable du capitaine Barneys ne ferait décidément jamais une bonne équipe avec moi. Je devais me débarrasser de lui sans tarder.

« Va me chercher Harry! ordonnai-je à l'un des guides.

— Tu veux le voir tout de suite?

— Oui. »

Pour bien marquer son indépendance, Harry Colton ne vint qu'un quart d'heure plus tard :

« J'étais occupé avec les *traders,* s'excusa-t-il d'un ton volontairement faux. Tu voulais me voir?

— Oui. Pour te dire que tu es libre. Ici, je n'ai pas besoin de toi. Tu peux retourner à Kansas City, ou Indépendance. Je te souhaite de trouver un autre convoi, dont tu pourras être le... capitaine. »

L'homme était devant moi, les jambes écartées, les bras pendant le long du corps. Ses doigts bougèrent nerveusement : tout près de ses mains, la crosse de ses revolvers brilla.

Je fixai alors Harry Colton bien en face. Ses yeux clairs ne semblaient rien exprimer. Pourtant, je connaissais ce genre de regard : celui des tueurs...

Je restai immobile.

Mon couteau à scalper, glissé dans ma ceinture, ne me serait d'aucun secours. Ni mon arc de mûrier, laissé auprès de mon poney. Orné de cornes et de tendons, il était pourtant supposé avoir plus de pouvoir et de force que n'importe quelle arme. Un esprit se cachait dans le bois de mûrier, une *créature féroce et indisciplinée,* selon les dires des guerriers lakotas. Seuls les ornements du bois de l'arc et les symboles peints dessus pouvaient la contrôler.

Je souris pour moi-même : si j'avais raconté tout cela à Harry Colton, il aurait certainement éclaté de rire!

Allait-il m'abattre froidement, pour ainsi dire devant tout le monde? Je ne comprenais pas l'intérêt qu'il aurait eu à le faire. Je ne me sentais donc pas en danger immédiat. La vengeance, comme la haine, choisit son moment...

Harry Colton attendrait patiemment son heure.

*   *
*

« J'ai été engagé par le capitaine Barneys comme second pour mener ce convoi à Santa Fe, attaqua Harry Colton. Et je resterai ici avec les chariots!

— Tu n'es pas mon lieutenant.

— Je resterai quand même!

— Alors, comme simple guide!

— Pourquoi pas? Je connais parfaitement mon travail! Et certains ne seront pas mécontents de savoir que je reste avec le convoi...

— *Certains*, dis-tu? Qui, par exemple? »

Il ne voulut pas répondre à cette question trop précise. Je lui rendais sa liberté et il ne la prenait pas. Je n'avais aucun prétexte valable pour le chasser et il le savait. C'est lui qui avait l'initiative, il marquait un point.

Quelles complicités pouvait-il bien avoir avec les autres guides — ou certains *traders* du convoi? Je ne le découvrirais peut-être que trop tard.

« Je reste, comme simple guide pour Santa Fe, dit-il.

— Alors, tu obéiras à mes ordres, au même titre que tous les autres hommes. »

Harry Colton n'eut pas besoin d'ajouter une parole pour me dire ce qui lui faisait choisir de rester avec nous : comme quelques instants plus tôt, son regard n'exprimait rien — rien d'autre que son désir de me tuer. Mais le moment n'était pas encore venu.

Il pivota sur lui-même et rejoignit son cheval. Je savais qu'il me tuerait à la première occasion.

*
* *

Dès l'instant où il fut nommé lieutenant en second devant tout le monde, l'Ouest tout entier sembla appartenir à Clint Buckner, dit Patte-de-bois. Il se pavanait sur sa selle mexicaine, ne mettant pour ainsi dire jamais pied à terre, ce qui lui évitait de boiter.

Il houspillait sans cesse les *traders* :

« Allons, grouillez-vous! Nous partons dans deux jours! Et je vous avertis : avant de donner le départ, il y aura une inspection! Alors, profitez-en pour examiner attentivement l'état de vos chariots, réparer les roues, reclouer quelques planches! Tous les essieux doivent être vérifiés, ainsi que les sabots des bœufs et des mules. Assurez-vous de l'étanchéité parfaite des réserves d'eau. Enfin, pensez à tout ce qu'il vous faudra comme vivres : moi, je vais faire ma provision de whisky! »

Je crois que j'étais tombé sur un drôle de phénomène! Heureusement, tout ce qu'il disait était sensé, sinon je l'aurais laissé là à l'instant même.

« Dépêchez-vous d'aller faire vos courses! lançai-je à Mme Parker. Mon fou de lieutenant est capable de vous faire prendre la piste sans crier gare!

— Détrompez-vous, jeune homme! Regardez un peu cette liste! »

Elle avait l'intention d'acheter cent livres de farine, autant de lard bien gras, quatre-vingts livres de haricots, trente-cinq de café, cinquante livres de sucre et du sel.

« Je me demande un peu où elle a l'intention de fourrer tout ça, se lamenta Jérémie Parker, mais il faudra bien y arriver... »

Je fis le point de la situation :

La responsabilité qui me tombait sur les épaules était lourde. Car le capitaine élu devait maintenir

73

l'ordre, veiller en permanence à la sécurité de la communauté, défendre le convoi contre les Indiens hostiles. Un groupe d'hommes m'aiderait dans ma tâche : Clint s'il n'était pas trop soûl, un commandant de la garde chargé d'établir les tours de garde, et quatre sergents. Un secrétaire et un tribunal composé de trois juges avaient été élus. Malheureusement, nous n'avions pas de médecin car les hommes de science aimaient peu s'enfoncer dans ces grandes solitudes. Mme Parker regretta aussi l'absence d'un pasteur pour la route.

La saison n'était pas trop avancée et le danger ne pourrait venir que des hommes. Les Indiens risquaient de se déchaîner à la suite du geste malheureux de Bil Jordan. Celui-ci ainsi que les autres « garçons » du vieux Steed ne me portaient pas dans leur cœur. Harry Colton chercherait certainement à me tuer avant d'arriver à Santa Fe. Autant de détails qui n'annonçaient pas pour moi un voyage de tout repos...

Alors qu'il s'avançait vers moi, Clint Patte-de-bois remarqua mon air préoccupé. Il éclata d'un grand rire (car il n'était pas à jeun) et se mit à déclamer :

> « *Dans la paix, rien de tel pour devenir homme*
> *Que réserve tranquille et humilité.*
> *Mais si tu entends le souffle de la guerre,*
> *Alors, imite le tigre.*
> *Durcis tes muscles, excite ton sang,*
> *Cache ta loyauté sous une rage froide*
> *Enfin donne à ton regard un éclat terrifiant...*

— Que viens-tu me réciter là?

— Du Shakespeare, l'Indien! C'est dans *Henry V*!
D'ailleurs, tout est dans Shakespeare! »

C'est dans ces conditions particulières que nous
quittâmes Council Grove le lendemain matin. Nous
comptions cent vingt hommes, quatre femmes, un
enfant de sept ans, soixante-quinze chariots bâchés
et de nombreuses bêtes de selle et de trait.

Comme l'avait fait le capitaine Barneys à Kansas
City, je levai le bras pour donner le signal du
départ.

Les collines étaient baignées de soleil. Des char-
dons argentés et des lupins bleus fleurissaient parmi
les buissons de sauge. Il y avait aussi quelques
fleurs de pavot, flétrissant rapidement au soleil. La

piste creusée d'ornières s'enfonçait dans la Prairie, en direction du sud-ouest.

Je ne jetai pas un seul regard derrière moi.

*
* *

« La première partie de notre voyage sera la plus agréable, m'annonça Clint Patte-de-bois. Après Council Grove, la piste de Santa Fe prend la direction du Big Bend de l'Arkansas : nous longerons cette rivière durant une huitaine de jours environ [1].

— Et ensuite?

— Ensuite, la piste se divise. La route principale continue à suivre la rivière jusqu'à Fort Bent, puis oblique plein sud vers Santa Fe...

— Quelle est l'autre route?

— Le raccourci de Cimarron : c'est le trajet le plus court. Il continue tout droit en direction du sud-ouest. La plupart des *traders* le choisissent, malgré le danger sérieux de la traversée du désert de Cimarron [2]...

— Crois-tu que les gens de ce convoi voudront le prendre?

— J'en suis presque sûr! Rien qu'à voir la tête de certains de tes hommes... »

Harry Colton, les coins de la bouche tachés de salive brune, mâchonnait nerveusement sa chique en nous observant de loin. Je détournai la tête pour le laisser seul avec sa haine.

---

1. A peu près 180 kilomètres.
2. 80 kilomètres de plaine sans eau, depuis l'Arkansas. Cimarron est un mot espagnol signifiant sauvage et hors-la-loi.

Mon regard tomba alors sur Pedro Torrès. Le Mexicain me lança un sourire faussement bête et porta deux doigts à sa coiffure. C'était un chapeau de feutre noir plutôt grotesque, cabossé, luisant de sueur tout autour de la tête. Une veste de velours côtelé, aux manches décousues, avait été vaguement retaillée en forme de boléro. Enfin, une large ceinture cloutée d'argent barrait son ventre.

Clint Patte-de-bois avait saisi mon regard.

« Il est aussi laid qu'un iguane! dit-il.

— Malgré son sourire, il n'a pas un regard très franc », concédai-je.

Les yeux de l'homme étaient petits et méchants. Ils luisaient, rouges et enfoncés, dans son visage sombre couvert d'une crasse incrustée dans ses rides, creusées par le vent et les intempéries de la piste.

Etait-ce lui qui avait tiré sur le capitaine Barneys? Sortirait-il son arme pour me liquider à mon tour, s'il en recevait l'ordre?

Je ne savais plus que penser et une question me poursuivait sans que je puisse l'ôter de mon esprit : pourquoi le vieux Steed avait-il appuyé mon élection avec autant de force à Council Grove?

*
* *

Le soleil tapait dur.

Il semblait que la piste, à peine tracée dans la Prairie poussiéreuse, menait à l'infini car rien ne coupait l'horizon monotone.

Les chevaux et les mules avançaient nonchalamment, parmi le grincement des essieux mal graissés.

77

Les hommes se taisaient, murés dans des pensées secrètes. Leurs regards étaient durs et ils avaient dû épuiser déjà pas mal de rêves au fil des miles parcourus. Les femmes, elles, regardaient droit devant. Comme pour déceler avant les hommes le danger toujours possible. Elles serraient leurs lèvres et cela leur faisait une mine résolue : qu'étaient devenues les belles joues roses entrevues au départ de Kansas City? Elles disparaissaient sous un masque de poussière blanchâtre, leur donnant un teint maladif.

Lorsque le soleil eut disparu dans un grand déploiement d'or et de rose, l'ombre s'abattit soudain sur la Prairie. L'étendue monotone se fit rapidement violette puis noire, donnant à cette région désolée un aspect solitaire et tragique.

Au moment où j'allais me rouler dans ma couverture pour dormir, Clint Patte-de-bois vint me rejoindre pour m'annoncer brutalement :

« Je viens de faire une inspection dans les chariots : les gars n'ont emporté avec eux qu'une quantité de poudre et de munitions ridicule! Malgré toutes mes recommandations à Council Grove!

— Et pourquoi?

— Pour transporter avec eux plus de marchandises, parbleu! A Santa Fe, la pacotille vaut plus cher que des balles! Si nous arrivons vivants jusque là-bas... »

Une grande tristesse m'envahit, et j'eus soudain une nouvelle fois envie de quitter le convoi : que faisait Topsonnah, seule, au campement?

CHAPITRE VII

LE CAS DE MADAME DOOLIN

« J'ai pris le plus grand des chariots,
Et la plus belle pacotille,
Qu'aime la brune Rosario,
Si belle et si genti-ille. »

Bill Jordan chantait cette chanson idiote en pensant aux filles de Santa Fe. Cela énervait les conducteurs des chariots, qui se grattaient les joues cou-
vertes de barbe. Il faut dire qu'au fil des étapes,

ils devenaient de plus en plus sales : ils ne changeaient jamais de chemise et leurs culottes luisaient
de graisse. J'avais remarqué que les femmes du
convoi se bouchaient parfois les narines avec écœu-
rement, à cause de la forte odeur de sueur.

Clint Patte-de-bois me dit d'un air amusé, alors
que nous chevauchions à la hauteur du chariot de
Richard Moore :

« Bah, ce ne sont pas les premières femmes à
prendre la piste de Santa Fe.

— Tu en sais quelque chose? fit Richard d'un ton
ironique.

— Parfaitement, j'en sais quelque chose! Je suis
comme qui dirait un numéro historique de *L'Echo de
la Prairie*! Oui, jeune homme! Et je peux même te
dire que la première femme blanche à emprunter
cette route maudite, fut Susan Magoffin. C'était
en 1846 pour son voyage de noces! Elle avait à peine
dix-huit ans et je suppose qu'elle était très jolie, car
son jeune mari ne manquait pas de moyens, emme-
nant avec eux quatorze chariots, un Dearborn tiré par
deux mules pour transporter la bonne et tout leur
équipage...

— J'aurais voulu voir ça!

— C'est le passé, jeune homme! Mais ce qui
compte pour nous, aujourd'hui, c'est Santa Fe!
Là-bas, tu verras ces femmes mexicaines, ces seño-
ritas grandes danseuses de fandangos, parées de
mantilles et maniant l'éventail, portant des bas de
soie noire et des robes de mousseline blanche. Elles
drapent leurs épaules nues de châles rouge sang,
mettent une fleur sur l'oreille. Mais passons! Là-bas,

80

nous mangerons des tortillas huileuses, des *tamales*, nous croquerons des petits piments rouges plus brûlants que le feu de l'enfer ou du désert de Cimarron, et ils nous détraqueront l'estomac pour la vie! Ollé!... »

Je revis le visage de Nella Parker : des quatre femmes du convoi, c'était elle la plus jolie. Quel destin l'attendait à Santa Fe?

Sans doute se marierait-elle dans cette ville plus espagnole qu'américaine. Les guitares remplaceraient les violons de la noce. Il y aurait des fleurs en reposoir dans l'église baroque couverte de dorures et de statues de saints. Et la belle mariée porterait sur elle quelque chose de neuf, et quelque chose de vieux, et quelque chose d'emprunté et quelque chose de bleu : selon une vieille coutume anglo-saxonne, cela porterait bonheur aux nouveaux mariés...

*
* *

Un matin, Mme Doolin tomba malade. Ce fut son fils Roy qui vint me l'annoncer :

« Ma mère souffre beaucoup, elle n'a pas dormi de toute la nuit...

— Où a-t-elle mal?

— Au ventre. Ce matin, elle a vomi trois fois. Elle ne veut rien prendre.

— Elle a de la fièvre? demanda d'une voix sans émotion Harry Colton.

— Je pense que oui, son front est brûlant. »

Près de moi, l'ancien lieutenant de Barneys cracha son jus de chique noir à cinq pas. Puis il porta son regard indéfinissable en direction de l'horizon et laissa tomber :

« Ah! »

Puis il se remit à mastiquer. Clint Patte-de-bois remarqua :

« C'est embêtant, ça, petit! Sur la piste, on ne peut pas faire grand-chose et...

— Vous croyez qu'elle va... ? » demanda Roy d'une voix plaintive.

Harry Colton posa son regard froid sur lui, puis :

« J'ai vu mourir plusieurs prospecteurs dans les montagnes, mon gars. Des *mountaimen* aussi. On ne peut pas faire de médecine miracle : il faudrait ouvrir le ventre, voir ce qui ne va pas... couper ci ou ça...

— Mais...

— Comprends-nous, approuva Clint. Ici, nous n'avons pas de spécialiste. Je crois que... »

Le jeune Roy ne voulait pas en entendre davantage. Ses traits s'étaient durcis. Il serra les poings, prêt à pleurer. Il respira un grand coup, fit demi-tour et partit en courant en direction de son chariot.

« Le ventre de la femme mettra deux ou trois jours à pourrir, annonça brutalement Harry Colton, puis elle mourra. Peut-être que cela ira plus vite, mais en attendant elle embêtera tout le monde car elle souffrira beaucoup. Une fois, j'ai veillé un camarade qui souffrait ainsi. C'était affreux. Il voulait que je le tue et j'ai refusé. Il a profité d'un instant où je m'étais assoupi pour s'emparer de mon revolver... »

Jamais le grand Colton n'avait parlé aussi long-temps d'une seule traite. Avec son visage ingrat, il n'avait pas l'habitude de se livrer beaucoup. Je le supposais sans cœur, dur, froid, égoïste, calculateur. Je découvrais soudain un être humain sous un extérieur sec. Pourquoi avait-il expliqué tout cela devant moi?

Je ne fus pas long à comprendre qu'il attendait de moi que je fasse quelque chose.

« Je vais voir s'il y a moyen de la soulager...

— O.K. Vas-y! La piste n'a pas besoin d'être éclairée pour l'instant, du moins dans ce coin-ci. »

Tout le monde étant prêt, je donnai le signal du départ. Avec mon poney, je descendis la colonne pour me porter jusqu'au chariot des Doolin.

*
* *

La mère de Roy me sourit faiblement. Son visage était pâle, son front couvert de sueur. A son regard, je compris qu'elle savait qu'elle était perdue si on ne tentait rien rapidement. Cela ne l'empêchait pas de rester forte.

« Je pense qu'on va pouvoir vous soigner, madame Doolin, dis-je avec un peu de conviction dans la voix. Dans quelques jours, vous serez guérie...

— Tais-toi, petit Indien à la figure pâle. Je sais ce que j'ai. Ce qu'il me faudrait, c'est un bon chirurgien... »

Harry Colton avait dit à peu près pareil. Ici, sur la piste, elle n'avait aucune chance de s'en tirer...

« Au revoir, madame Doolin. Je reviendrai vous voir tout à l'heure. »

Je fonçai en tête du convoi et me précipitai auprès de Clint :

« Mme Doolin est bien mal en point!

— Je n'y peux rien...

— Si on la laisse ainsi, elle va mourir!

— Que veux-tu que j'y fasse? Il faut qu'elle tienne le coup jusqu'à ce que nous arrivions à Fort Larned.

— Quand y arriverons-nous?

— Demain vers midi, si tout va bien. Sinon, dans la soirée...

— Il sera trop tard!

— Je le sais. »

Je chevauchai quelques minutes derrière lui. Une idée commençait à germer dans mon esprit. Je ne savais pas encore si elle serait réalisable. J'étais pourtant prêt à tenter le tout pour le tout.

« Je pense qu'il serait possible de transporter Mme Doolin à Fort Larned avant ce soir, dis-je.

— Je ne vois pas du tout comment, l'Indien... Pas à dos de cheval, tout de même, non?

— Evidemment non!

— Alors comment?

— Il faut alléger son chariot, en répartissant la charge dans les autres. Ensuite, nous remplacerons les mules, qui sont trop lentes, par des chevaux.

— Nous n'en avons pas...

— Si! Nous prendrons six montures aux guides. Ensuite, en y allant au galop...

— Evidemment, un chariot transformé en diligence de la Wells & Fargo...

— Nous arriverons avant ce soir à Fort Larned.

— Comment, *nous*...?

— Oui, parce que je partirai avec le chariot, pour l'escorter. Je suppose qu'au fort, ils doivent avoir un chirurgien militaire?

— Je pense que oui, en effet.

— Eh bien alors, en faisant vite, Mme Doolin sera sauvée.

— Bravo, l'Indien! Je pense que cela ne retardera pas trop notre convoi. D'ailleurs, je ne vois pas ce que nous pourrions faire d'autre... »

Je levai le bras pour faire arrêter les équipages. Des exclamations étonnées retentirent. Mais j'avais déjà fait demi-tour, galopant vers le chariot des Doolin. Je trouvai la mère de Roy un peu plus abattue, il fallait faire vite. J'expliquai tout à Roy et à son père Jack, et ils me remercièrent d'un sourire confiant.

« Nous allons décharger notre chariot en vitesse, dit Jack Doolin. Nous mettrons tout par terre : tant pis si les autres ne veulent pas s'en charger!

— Je viendrai avec vous à Fort Larned, décida le jeune Roy.

— Pas question! trancha son père. Tu resteras ici pour t'occuper de nos mules... et faire embarquer nos affaires, si c'est possible!

— Allez, donne-nous un coup de main! fis-je pour couper court. Va détacher les mules! »

Venus aux nouvelles, plusieurs *bull-whackers* et *mule-skinners* entreprirent de nous aider à décharger rapidement le chariot. Le père de Roy tenait la main de sa femme dans la sienne, disant :

« Tu vas voir, Peggy, tout va bien se passer. Regarde, tout le monde est là pour nous aider! Même ce *brave* M. Steed est venu, il est là... »

Le vieux *trader* était là en effet, mais en curieux. Ses quatre « garçons » l'avaient suivi, et il consentit à leur faire un signe pour les mettre un peu au travail avec les autres. Pedro Torrès me lança un coup d'œil noir, comme s'il avait deviné que tout ce remue-ménage se faisait à mon initiative. Naturellement, Bill Jordan se mit à fredonner aussitôt une chanson d'amour : ce n'était vraiment pas le moment! Après tout, peut-être que si...

« Entassez deux matelas, monsieur Doolin, ordonnai-je, ce ne sera pas de trop. Ensuite, trouvez-moi deux bons lassos...

— Pour quoi faire?

— Une fois calée, il va falloir attacher votre femme, sinon elle va être affreusement ballottée avec les cahots de la piste.

— Je crois que c'est plus prudent en effet. »

En dix minutes, tout fut prêt. Harry Colton s'était occupé personnellement de rameuter les guides et de prendre auprès d'eux les six meilleurs chevaux. Lorsque nous nous mîmes en route pour dépasser les chariots en dehors de la piste, il me fit un petit salut de la main. Ses yeux très bleus aux lueurs indéfinissables semblaient sourire sous ses sourcils en broussaille. Son geste à mon adresse voulait dire « bonne chance ».

Je savais que nous en aurions besoin...

Le tout était de ne pas arriver trop tard.

Richard Moore me fit un signe de la main. Je me portai à l'avant du chariot.

« Il faut nous arrêter un quart d'heure! me cria le conducteur. Sinon, nous allons crever les bêtes inutilement : elles n'arriveront jamais jusqu'au fort!

— D'accord! Nous ferons une halte là-bas, tout de suite après la petite montée.

— O.K.! »

Ce n'était qu'une pente assez faible, mais elle fut suffisante pour couper tout à fait le souffle des chevaux exténués. Arrivés en haut, nous eûmes une vue bien dégagée pour prévenir toute mauvaise surprise éventuelle.

« Là!... Hooh!... »

Les bêtes écumaient jusqu'à la crinière, la robe parcourue de longs frissons nerveux. Pousser davantage les chevaux aurait été une folie, car ils étaient sur le point de s'écrouler.

J'allai jeter un coup d'œil à l'arrière du chariot : Mme Doolin était à demi inconsciente. Elle tenait son ventre à deux mains, souffrant beaucoup.

« Nous allons bientôt arriver au fort, madame Doolin. Là-bas, on vous soignera bien... »

Jack Doolin eut un hochement de tête.

Soudain, je décidai :

« Le chariot repartira dans un dizaine de minutes! Moi, je file devant au galop pour avertir le commandant du fort. Le temps que j'explique notre affaire, que le chirurgien se prépare, ce sera autant de précieuses minutes de gagnées!

— Mais si nous tombons sur des hostiles avant d'arriver à Fort Larned?

— Il n'y a aucun danger : les Indiens ne feraient pas la folie de se manifester à proximité d'une garnison importante. De toute façon, je m'en rendrai compte au passage!

— Bon, à tout à l'heure, l'Indien, lança Richard Moore.

— Courage, monsieur Doolin! fis-je d'une voix forte pour que sa femme puisse l'entendre. Nous sommes bientôt arrivés! »

Je fonçai sur la piste, espérant que le chirurgien serait présent au fort : les militaires partaient souvent en patrouille, durant plus d'une semaine...

CHAPITRE VIII

FORT LARNED

« JE SUIS le lieutenant Middleton! Etes-vous un
éclaireur civil, jeune homme? »

Arrivé à Fort Larned, je me présentai rapidement,
expliquant ce qui m'amenait. Le lieutenant qui m'accueillit était jeune, dans les vingt-trois ans environ,
plutôt sympathique. Mon récit ne sembla pas cependant l'émouvoir outre mesure. Il pinça les lèvres et
j'achevai :

« Le chariot avec la femme malade arrivera dans

une heure, peut-être moins. Vous avez un chirurgien ici, n'est-ce pas? »

Le lieutenant Middleton se gratta l'oreille, parut un peu gêné. Puis il regarda ses bottes et souffla enfin, comme à regret :

« Bien sûr... bien sûr! Heu... auparavant, venez : il faut vous présenter au major Pendrake.

— C'est lui qui commande le fort?

— Exact! »

L'officier fit un geste à un caporal pour qu'il s'occupe de mon poney. Rassuré de ce côté-là, je suivis le lieutenant.

Tous les bâtiments du fort se trouvaient appuyés le long des quatre murailles. Après la porte et le quartier des officiers, se trouvait le Q. G., indiqué par une pancarte en bois. Sous la galerie, une sentinelle gardait la porte que je devinais être celle du bureau du commandant du fort. Je ne me trompais pas.

« Que se passe-t-il, Middleton? Vous ne voyez donc pas que je suis occupé? Ah! voici un nouvel éclaireur! Vous tombez bien : nous allons avoir besoin de toutes les compétences disponibles pour traquer les hostiles... »

Le major Pendrake me dévisagea. C'était un grand rouquin de six pieds quatre pouces au moins, tout en muscles, sans une once de graisse : une authentique allure de cavalier. Sa peau rose, qui ne prendrait sans doute jamais le hâle sous le soleil de l'Ouest, lui donnait un air avenant. Malheureusement, sa voix était cassante, et laissait percer un certain mépris.

Le lieutenant se racla la gorge, puis expliqua en quelques phrases à son supérieur ce qui m'amenait.

« Hum... Bon!... Donc, vous arrivez avec tout un détachement de civils?

— Nous avons pris la piste de Santa Fe à soixante-quinze chariots, approuvai-je. Le convoi arrivera ici demain dans la journée. Quant à la femme malade...

— Ah, oui, en effet! en effet! N'oublions pas l'immédiat! Lieutenant Middleton, faites venir notre doc. Vous savez où le trouver, n'est-ce pas?

— A vrai dire, major...

— Quoi? Où est-il encore passé?

— Ben... s'il n'est pas auprès des épouses des officiers mariés, il doit être parti à... à la promenade.

— A la promenade? Vraiment! »

De rose, le visage du major était passé au rouge vif. Ses éperons frappèrent le plancher de son bureau avec impatience. Il fit quelques pas, les mains derrière le dos. Enfin, il s'arrêta les jambes écartées, regardant la cour par la fenêtre. Sans se retourner, il lança un ordre :

« Middleton, envoyez un planton au quartier des officiers mariés! Si le doc n'y est pas, qu'une estafette parte à sa recherche immédiatement : son *carrosse* ne doit pas être loin, Bon Dieu! »

Je m'éclipsai du bureau du major avec le lieutenant. Le temps pressait et ce docteur ne me semblait pas des plus disponibles. Je voulus en savoir plus et l'officier m'expliqua :

« C'est un jeune médecin, vous savez. Ici, le climat et la solitude lui pèsent, il a du mal à s'habituer! Il vient de l'Est, c'est un tempérament particulier... »

D'après le lieutenant Middleton, le chirurgien militaire, qui n'avait rien à faire en dehors des soins à donner, affectait de mener dans ce coin perdu un semblant de vie civilisée. Chaque jour, il aimait aller se promener dans un petit phaéton jaune tiré par un cheval pie. Naturellement, il devait se contenter de *tourner* autour du fort, l'insécurité régnant dans la région.

Un cavalier revint un quart d'heure plus tard, pour rendre compte :

« Mon lieutenant, le doc était allé faire un petit tour en direction du nord. Il revient, en contournant les murailles. Il sera là dans quelques minutes.

— Parfait!

— Allons à la porte d'entrée, dis-je. Le chariot ne va plus tarder, maintenant.

— Vous avez raison. »

A peine arrivés devant la double porte, nous entendîmes le chariot conduit par Richard Moore se rapprocher sur la piste. Juste au même moment, le phaéton jaune du chirurgien arrivait par l'autre côté du fort. L'homme était très jeune, bien habillé, l'air contrarié. Vu son âge, ses études faites à Philadelphie ne devaient pas remonter très loin. Mais l'essentiel était qu'il fût là : Mme Doolin pourrait être soignée sans tarder.

Richard Moore arrêta ses chevaux aux yeux exorbités, tout fumants et l'écume aux lèvres. Le docteur alla aussitôt vers l'arrière du chariot et je félicitai le conducteur :

« Bravo, Richard, tout s'est bien passé?

— Oui. Et je n'ai pas pu faire plus vite...

— C'est parfait : à présent, tout va bien. »

Il attacha les rênes pour sauter à bas de son siège. Je le laissai là et n'eus que le temps de faire trois pas. Plus contrarié que jamais, le jeune chirurgien fonçait sur moi, pour me lancer à la figure :

« Pourquoi m'avez-vous amené un cadavre? »

*
* *

Plus tard, le lieutenant Middleton vint me retrouver. Il était chargé par le commandant du fort d'organiser avec moi l'hébergement des hommes du convoi.

« Combien de jours comptez-vous rester ici? me demanda-t-il.

— Je pense qu'une petite semaine sera nécessaire pour remettre les bêtes en état, dis-je. Elles ont besoin d'un peu de repos.

— C'est ce que craignait le major!

— Pardon?

— Heu... oui. Je dois vous dire que le major Pendrake est très strict pour tout ce qui touche la discipline de la garnison. Les soldats le savent et se tiennent bien, afin d'éviter les sanctions. Mais les civils...

— ... représentent sans doute aux yeux du major une sorte d' « élément incontrôlé », n'est-ce pas? lança Clint Patte-de-bois qui venait d'arriver en avant-garde. Je connais le point de vue de ce genre de personnage! »

Le jeune lieutenant sourit largement, puis :

« Je vois que vous me comprenez parfaitement!

Que ce soient des politiciens, des *traders* ou des pionniers, il ne fait pas la différence : il considère qu'ils font tous partie d'un autre univers!

— Et... les Indiens? » demandai-je à mon tour.

L'officier réfléchit un instant, puis lâcha comme à contrecœur :

« L'Indien est sur son territoire, et c'est bien embêtant. Il est imprévisible. Les forts que nous construisons sur les pistes devraient protéger les Blancs, éviter les accrochages. Malheureusement, il y a toujours des erreurs commises, d'un côté ou de l'autre. Nous signons des accords qui sont des traités de dupes. Chaque parti ne voit que son droit, il en résulte des haines qui restent vivaces. Pour en revenir au major Pendrake...

— Oui..?

— Il fait ce qu'il peut pour éviter un affrontement toujours possible. Mais les ordres sont les ordres, venez voir... »

Le lieutenant Middleton m'entraîna vers la porte sud du fort. La sentinelle de garde fit basculer le lourd madrier qui la tenait fermée. L'officier fit trois pas à l'extérieur. Je le suivis.

Devant nous, il y avait une cinquantaine d'Indiens. Accroupis sur leurs talons dans la poussière à quelques dizaines de pas du fort, ou étendus à l'ombre des murailles de bois.

Ils attendaient là, sans rien faire.

Silencieux, distants, le regard glauque perdu dans un rêve lointain, ils regardaient les soldats blancs sans paraître les voir. Sales et avilis, ils avaient troqué leurs vestes de daim contre des chemises de toile. Plusieurs guerriers et même quelques femmes portaient des chapeaux de pionniers, et aussi des coiffures bourgeoises comme des melons et des hauts-de-forme verdâtres. Qu'étaient devenues les coiffures de plumes d'aigle, les franges, les couvertures décorées, les colliers, les mocassins ornés de poils de porc-épic? Echangés sans doute comme produits « exotiques » contre du whisky auprès des trafiquants de la frontière ou des soldats de la garnison...

Ma gorge se serra :

« Que font-ils là, qu'attendent-ils?

— Rien. Ils viennent montrer leur bonne volonté vis-à-vis de nous. Les autres, ceux qu'on ne voit pas, ce sont les hostiles. Ils sont insaisissables... et dangereux. Ils se feront tuer un jour ou l'autre.

— Avec ceux-ci, vous ne craignez rien, fis-je remarquer d'un ton amer. Ils sont en train de mourir à petit feu...

— Vous avez sans doute raison. »

*
* *

Dès que le convoi eut rejoint le fort, il fallut enterrer Mme Doolin. Les soldats avaient creusé une fosse dans le petit cimetière militaire qui s'étendait à un quart de mile des remparts. Tous les *traders* vinrent aux obsèques, le lieutenant Middleton représentait le major Pendrake. Trois femmes d'officiers vinrent aussi. Jack Doolin était effondré, soutenu par son fils Roy, raidi dans sa douleur mais très digne.

Etant le chef du convoi, je menai la cérémonie.

Jack Doolin était effondré, soutenu par son fils. →

Je fis un signe de tête : quatre hommes descendirent la caisse dans la fosse. Le menuisier du fort avait confectionné un cercueil de planches plutôt grossières (le couvercle était fait avec des morceaux de caisses à munitions), mais cela n'avait aucune importance. Dans l'Ouest, à cette époque-là, beaucoup de pionniers, de soldats ou de *traders* étaient simplement enterrés avec leurs habits. Puis on mettait quelques pierres assez lourdes pour décourager les chacals, et c'était tout.

Quelques mottes de terre rouge tombèrent sur le cercueil. Deux soldats, qui attendaient les manches relevées, crachèrent dans leurs mains, puis saisirent des pelles.

J'avais quitté la civilisation des Blancs depuis trop longtemps pour savoir faire ce qu'il aurait fallu dans un moment pareil. Sans être rejeté par l'assistance dans l'univers indien d'où je venais, je devinai pourtant combien je faisais à cet instant un peu... déplacé. Ma coupe de cheveux à la mode des Sioux, ma tenue...

Au campement lakota, j'aurais été beaucoup moins emprunté. Le corps du défunt aurait été emporté à l'écart, attaché sur un arbre. On aurait déposé sur le sol de la nourriture et ses armes, s'il s'était agi d'un guerrier. On aurait immolé son poney pour que l'esprit du mort puisse gagner le Pays Heureux. Il n'y aurait pas eu de discours à faire. Ici...

« Clint, veux-tu dire quelques mots à ma place? Une courte prière... »

Clint Patte-de-bois se frotta la moustache d'un revers de la main, toussota d'un air gêné.

« Bien sûr, bien sûr! »

Il claudiqua vers les trois femmes d'officiers, s'adressa à la plus vieille qui tenait à la main une petite Bible :

« Permettez, m'me...? »

Il feuilleta le livre de ses gros doigts sales, se mit face à la tombe et lut d'une voix grave et lente :

« Le Psaume vingt-quatrième de David dit ceci :
« La terre est à Yahvé avec ce qu'elle renferme, —
« le monde avec ceux qui l'habitent : car c'est lui
« qui l'a affermie par-dessus les mers, — il l'a établie
« par-dessus les fleuves. »

— Amen. »

La fosse fut rapidement comblée. Les hommes se dispersèrent aussitôt. Jack Doolin restait près de la tombe, incapable d'en arracher son regard. Je m'approchai de lui, le prenant aux épaules :

« Venez, monsieur Doolin, il faut partir, maintenant.

— Je viens, je viens... Encore une minute... »

Roy voulut l'entraîner, son chapeau à la main.

« Allez, Pa, viens, il faut rentrer!

— Tu as raison, fils. Il faut que je m'en aille... Je vais à Santa Fe. Au Mexique, sais-tu, Peggy? Comme nous avions dit, rappelle-toi. J'emmène le petit avec moi. Là-bas...

— Venez, dis-je doucement. Il faut rentrer au chariot : votre fils va s'occuper de vous, monsieur Doolin... »

Nous rentrâmes au fort.

Jack Doolin ne retrouva jamais la raison.

Un jour passa, puis le major Pendrake convia pour le surlendemain soir « tout ce qui comptait » de notre convoi au mess des officiers. Un lieutenant blondinet vint demander quel serait le nombre des invités.

« Je viendrai avec mon petit « état-major », annonçai-je. Tous nos négociants seront là, les *mule-skinners* et les *bull-whackers*, par contre, auront assez à s'occuper de leurs bêtes...

— Hum, hum... fit le lieutenant en rougissant sous son hâle, toutes ces... dames viendront, n'est-ce pas?

— Elles ne sont que trois, vous savez, lieutenant! Et si l'on considère l'âge de Mme Parker...

— Même un visage canonique rappellera à mes camarades qu'ils sont encore des hommes civilisés », coupa en souriant le lieutenant blond, qui n'avait pas perdu son savoir-vivre malgré l'isolement.

Les fausses notes d'un piano s'égrenèrent quelque part, probablement pour répéter la fête. Plusieurs chevaux piaffèrent dans les écuries, le pas des sentinelles martela les planchers de bois. Des exclamations assourdies retentirent, venues de la cantine des soldats. Les *traders*, entassés avec leurs chariots dans la cour, dormaient déjà.

Je me mis à marcher de long en large sans arriver à trouver le sommeil : derrière l'enceinte de rondins, je me sentais prisonnier.

CHAPITRE IX

LE LANGAGE DES SIGNES

« M ES HOMMAGES, madame...
— Bonsoir, cher ami : quelle joie de vous
avoir ce soir! »

Lors de cette réception au mess des officiers, on
se serait cru à Washington! L'épouse du major Pendrake était en grande toilette : dans ce fort perdu,
les occasions devaient être assez rares de montrer
ses toilettes. Elle portait une robe de soie noire,
ornée de plis crevés de chaque côté, de passemen-

teries sur le devant et de boutons de jais. Un chapeau extravagant, surmonté de roses rouges en velours et de plumes d'autruche, menaçait à chaque instant de tomber de sa tête. Il avait dû coûter plus que ne représentait la solde mensuelle d'un sous-officier.

Moi, je n'avais que ma chemise à franges en peau de daim, mais Nella avait tenu à la nettoyer elle-même :

« Après tout, vous êtes notre capitaine! m'avait-elle lancé en riant. Vous devez faire excellente figure à cette réception! »

Le vieux Steed, lui, avait sorti d'un coffre une longue redingote de l'Est à vastes pans, une fine chemise de batiste, de hautes bottes « à la mexicaine » et un large sombrero blanc. L'effet obtenu était assez surprenant.

Les officiers du fort arboraient leur tenue de parade, leurs boutons, leurs galons.

La soirée fut très gaie : les jeunes officiers ne voulaient pas laisser une occasion de s'amuser! Kate et Nella furent invitées sans arrêt. Elles étaient rouges de plaisir et toute la fatigue de la piste avait disparu de leur visage. Moi, je me tins un peu à l'écart, buvant quelques verres d'orangeade. Nella, à plusieurs reprises, me chercha des yeux : lorsqu'elle m'aperçut, elle me lança des regards implorants, qui semblaient me demander de l'inviter à danser. Mais je n'entendais rien à ces pas de contre-danses et de quadrilles — aussi continua-t-elle de passer entre les bras des officiers.

Soudain, comme pour me narguer, Harry Colton

vint l'inviter à son tour. Nella devint toute pâle mais, plutôt que de prétexter la fatigue pour refuser, elle affirma avoir promis cette danse au major Pendrake. Celui-ci s'en trouva flatté et son visage vira au rouge comme lorsqu'il se mettait en colère. Dès que la musique s'arrêta, Nella vint m'annoncer avec beaucoup d'excitation dans la voix :

« Ça y est : le major vient de décider d'accorder vingt-quatre heures de repos supplémentaire au convoi dans le fort!

— Merci d'avoir intercédé auprès de lui pour l'ensemble des *traders*, répondis-je d'un ton un peu pincé. Nous n'en espérions pas tant! »

Elle parut déçue de ma réaction un peu vive, car je n'avais aucune raison de lui en vouloir.

*
* *

Ce court répit à Fort Larned ne me servit à rien. Un moment, j'eus envie de révéler au major Pendrake la nature exacte de la cargaison du vieux Steed : il aurait été facile de faire saisir les chariots d'armes, mais... Le commandant du fort avait ses soucis de commandement, de discipline, d'organisation. De l'ambition, aussi : il rêvait d'obtenir ses étoiles de général. Sans trafic d'armes avec les hostiles, ce serait la fin de l'insécurité, la présence de ses soldats serait alors inutile. Je me tus et cherchai à échafauder des plans réalisables lorsque nous aurions repris la piste.

Durant les dernières heures passées au fort, le vieux Steed et ses « garçons » firent bande à part avec Harry Colton. Par roulement, ils se retrouvèrent à la cantine où avait élu domicile Clint Patte-de-bois. S'il se tramait quelque chose, j'espérais bien que mon lieutenant m'avertirait à temps. Mais il ne me dit rien et nous quittâmes Fort Larned sans que je sache rien de plus.

« Yaah! Hue, les bêtes! »

Nous retrouvâmes la poussière de la piste et le calme apparent de la Prairie. Mais l'Indien était partout chez lui et les Blancs devraient s'affronter tôt ou tard avec eux. Pourquoi cette idée me vint-elle *à cet instant précis*?

Le convoi allait bientôt arriver en haut d'une petite éminence. Le soleil était au zénith. Sans doute les hommes voudraient-ils faire souffler un peu leurs bêtes. Aussi décidai-je de prévoir une halte lorsque nous serions tous arrivés en haut : elle ne devrait pas excéder vingt minutes.

C'est alors que les premiers Comanches apparurent.

*
* *

Ils étaient une dizaine à peine.

A première vue, ils ne représentaient pas un danger véritable. Les convoyeurs devaient penser :

« Cette « poignée de sauvages » ne va pas peser lourd! Quelques coups de fusil, cinq ou six Indiens abattus et les autres se sauveront sur leurs poneys sans demander leur reste! »

Bien sûr, les événements pouvaient se dérouler ainsi! Mais, notre tranquillité durerait pendant deux ou trois jours, une semaine tout au plus! Et puis, un beau matin...

Je savais qu'il serait difficile de résister à quatre ou six cents Comanches regroupés par le désir de venger leurs morts. Jamais le convoi harcelé n'atteindrait alors Santa Fe. Il fallait donc que j'empêche à tout prix l'irréparable de se produire.

« Surtout, ne tirez pas! Les Comanches viennent simplement nous voir en curieux! Gardez vos armes à la main, mais ne tirez pas!

— Je ne vais tout de même pas me laisser massacrer sans rien faire! cria Harry Colton.

— Moi non plous! approuva Pedro Torrès. Yé né souis pas ouné femmé!

— Si vous tuez les hommes de ce petit détachement, hurlai-je, je ne donne plus cher de votre peau ni de vos scalps! Dans quelques jours à peine, les coyotes déterreront vos carcasses et...

— ... la tienne aussi, l'Indien? ricana Bill Jordan.

— Oui. La mienne aussi. »

Naturellement, il n'était pas utile de leur rappeler qu'auparavant, les tortures des Comanches seraient longues à supporter et la mort bien lente à venir. Celle-ci arriverait enfin comme une délivrance. Mais, durant des heures, les hommes et le jeune Tex ne pourraient que hurler leur souffrance. Quant aux femmes...

« Ne faites feu que s'ils attaquent vraiment, recommandai-je une nouvelle fois. En attendant, nous allons bien voir ce qu'ils veulent. »

Les hommes me lancèrent des regards interrogateurs car ils n'en avaient pas la moindre idée.

Moi, je le savais déjà.

*
**

Je m'étais porté en tête du convoi.

Le groupe de Comanches dévala la piste en pente à notre rencontre. Ils ne criaient pas : ils riaient. Comme des fous. Ou plutôt comme s'ils se rendaient à une fête.

Non seulement, j'avais recommandé à tout le monde de ne pas tirer, mais j'avais demandé à chacun de rester impassible. L'Indien devine tout dans le moindre signe. Il n'était pas nécessaire de lui montrer la peur qui serrait alors le cœur de chaque Blanc.

Regardant droit devant moi, je fis celui qui ne semblait pas voir les cavaliers venir. Je fis mine de ne leur accorder aucune attention, poursuivant mon chemin au rythme lent de ma monture.

Les Comanches arrivèrent rapidement sur nous. Ils me croisèrent dans un nuage de poussière. Mes oreilles guettaient le premier coup de feu : qu'un Comanche ou un homme trop nerveux du convoi appuie sur la détente, et tout irait alors très vite. En attendant, je continuai d'avancer comme si de rien n'était.

Heureusement, rien ne se passa.

Je m'arrêtai alors et me retournai lentement. Les guerriers avaient galopé tout le long de la colonne. A présent, ils rebroussaient chemin pour revenir en tête du convoi. Ça allait être à moi de jouer. De jouer serré si nous voulions arriver vivants à Santa Fe.

Richard Moore me rejoignit. Il était plutôt pâle et sa pomme d'Adam montait et descendait sans arrêt. Il parvint à articuler :

« Que va-t-il se passer, l'Indien? D'autres guerriers nous attendent plus loin?

— Pour l'instant, je ne le pense pas. En attendant, nous allons palabrer, discuter avec ceux-là.

— Tu parles le commanche?

— Non. »

L'autre ouvrit de grands yeux et avala sa salive. Il se gratta la tête sous son chapeau crasseux.

« Alors, comment allons-nous nous comprendre?

— Par le langage des signes. »

Durant les cinq années passées chez les guerriers lakotas du clan des Oglalas de la tribu des Sioux, j'avais eu le temps de l'apprendre! Lors de mon éducation indienne [1], les garçons de mon âge l'employaient couramment à l'occasion de nos jeux ou de nos raids : le langage des signes est en effet celui qui convient le mieux pour s'exprimer lors des actions de guerre, qui doivent s'exécuter dans le silence le plus complet.

Mais ma connaissance des signes serait-elle suffisante? Je savais que ce langage d'une grande richesse pouvait être aussi rapide et précis que la langue parlée. Les plus experts étaient les guerriers des tribus sioux de l'Ouest : les Lakotas-Tetons, les Corbeaux qui sont nos ennemis et les Kiowas.

Arrivés à ma hauteur, les Comanches s'arrêtèrent. Ils descendirent de leurs poneys et les convoyeurs s'écartèrent pour les laisser passer. Ils n'étaient pas du tout rassurés mais faisaient cependant assez bonne contenance.

Regardant les guerriers comanches, je levai la main droite à la hauteur de mon cou, la paume à l'extérieur, l'index et le médius se touchant, tendus à hauteur de mon visage. Cela voulait dire « ami, amitié ». Surpris, les Comanches me fixèrent avec intérêt et celui qui semblait être leur chef, fit un rapide mouvement de la main. Je compris aussitôt qu'il me demandait :

« Qui es-tu? »

J'hésitai l'instant d'une seconde, puis fis le geste de me couper la gorge avec la main droite. En clair, cela voulait dire que je prétendais être un Sioux (les *coupeurs de tête*). Le chef des Comanches ne put s'empêcher de marquer une légère surprise. Il pointa

1. Voir *Cheval-Tonnerre sera ton nom,* dans la même collection.

son index vers la gauche et le passa devant ses yeux. Cela désignait un chapeau et voulait dire que j'étais un *Homme Blanc*.

Malgré cela, je précisai que j'étais un guerrier oglala : doigts et pouces séparés, je fis celui qui montre les marques de la petite vérole (variole).

Naturellement, nous allions avoir beaucoup de choses à nous « dire », et cela prendrait probablement plusieurs heures. Je fis un signe à Clint Patte-de-bois et il comprit aussitôt que chacun pourrait en profiter pour se reposer un peu et s'occuper des bêtes. Puis j'allai m'asseoir à l'écart de la piste avec les guerriers comanches.

Avec de simples gestes je me mis à négocier nos vies.

Le langage des signes est une invention purement indienne. Il est parlé par toutes les tribus nomades des grandes plaines comprises entre le Missouri à l'Est, et les montagnes Rocheuses à l'Ouest. Les gestes du langage courant sont tout à la fois intuitifs et naturels. Ils restent toujours simples et sont faciles à imaginer. Un mouvement de la main peut dire : *moi, vous, en haut, en bas, venez, ici, partir.* Un doigt placé verticalement devant les lèvres symbolise pour tous les peuples le mot silence.

Je discutai ainsi avec les Comanches durant deux heures par gestes. Puis je revins trouver les *traders.*

« Alors, que veulent-ils? demanda le vieux Steed d'une voix dure.

— Ils veulent du whisky.

— Du... whisky?

— Oui. A présent qu'ils y ont goûté, ils prétendent qu'ils en ont besoin.

— Les Comanches n'ignorent rien du rapport de forces! avança Harry Colton. Ils savent que si nous ne voulons rien leur donner, ils n'auront rien!

— Tu as sans doute raison, répondis-je. Seulement ils savent aussi que nous savons qu'ils peuvent revenir très nombreux et...

— Alors, pourquoi ne nous massacrent-ils pas d'emblée? Cela évitera à tout le monde de discuter sans fin!

— Ils ne le font pas parce que ce n'est pas dans leur nature.

— Je ne comprends pas! s'étonna Richard Moore.

— C'est un jeu, expliquai-je. Bien sûr, qu'ils pourraient prendre tout ce que vous possédez, mais quel plaisir y trouveraient-ils? Après vous avoir massacrés, ils éventreraient vos sacs de farine, répandraient vos produits sur le sol. Simplement pour s'amuser quelques minutes, pour rire un bon coup! Ensuite, complètement ivres, ils brûleraient tout et s'évanouiraient dans la Prairie. Le lendemain, ils se réveilleraient, malades comme des chiens. Et ils n'auraient pas profité du plaisir de la discussion et des marchandages!

— Quelle histoire de sauvages!

— Allez, Clint, viens avec moi : nous allons discuter tous les deux avec les Comanches! Il faut régler cette affaire rapidement.

— Nous en aurons pour deux bonnes heures à marchander notre droit de passage contre du whisky...

— Je ne leur donnerai pas de whisky!

— Alors, nous sommes là pour trois jours! »

Par le langage des signes, les Comanches m'avaient bien fait comprendre qu'ils exigeaient un véritable « droit de passage » sur leurs terres. Leur maigre détachement, pour misérable et dérisoire qu'il fût, avait la valeur d'un véritable avertissement : notre refus ferait surgir sur la piste un grand rassemblement de guerriers, qui viendraient par la force s'emparer de ce que nous aurions refusé de leur donner. Il fallait éviter ce danger à tout prix. Mais je me refusais encore à fournir de l'alcool aux hommes rouges pour précipiter leur déchéance.

« Nous leur offrirons de la farine, du café, du sucre...

— Ce ne sont plus des enfants! ricana Clint Patte-de-bois. Je les connais bien et...

— Clint! Je ne suis pas un enfant moi non plus! Et je suis moi-même un guerrier lakota du clan des Oglalas de la tribu des Sioux!

— 'scuse-moi! Je l'avais complètement oublié... »

En passant à la hauteur de son chariot, je dis trois mots à Mme Parker. Puis nous allâmes à l'écart du convoi nous asseoir en tailleur dans la poussière avec les Comanches.

A cet instant, une chose me rassura : les chariots d'armes n'étaient pas destinés à ces Comanches, le vieux Steed n'ayant pris aucun contact avec eux...

CHAPITRE X

L'ÉTAPE DE DODGE CITY

« Nous voulons de l'alcool, beaucoup d'alcool!
déclarèrent par signes les Comanches. Pour
nous et tous les guerriers qui sont restés au campement! »

J'essayai de les raisonner, mais c'étaient des
hommes entêtés, que la sagesse avait quittés depuis
qu'ils se frottaient régulièrement aux Blancs. L'abus
du whisky avait obscurci leur esprit. Clint pensait
que nos marchandages n'aboutiraient pas, ou fini-

raient mal : n'avait-il pas servi d'interprète à de nombreuses négociations malheureuses avec l'armée?

Je restai cependant résolu et maintins ma position. A force de « discuter » longuement avec les guerriers, ils finirent tous par avoir faim. C'était le moment que j'attendais, car j'avais prévu cela. Je dis à Clint :

« Va jusqu'au convoi, et dis à Mme Parker de faire apporter à manger! En partant, je lui ai demandé de nous préparer de bonnes galettes chaudes, du café, des...

— O.K.! Lorsque ces faces rouges verront venir à nous les belles filles Parker...

— Il n'en est pas question! Kate et Nella ne doivent pas se montrer... Le plus affreux des *traders* fera au contraire l'affaire, Pedro Torrès par exemple!

— Le département des Affaires indiennes aurait dû t'employer pour traiter avec les tribus! » ricana Clint Patte-de-bois.

*
* *

Nos tractations continuèrent après le repas. L'excellent menu ouvrit les esprits à la raison. Nos négociations se poursuivirent dans le « bon » sens et les Comanches acceptèrent des produits alimentaires, de la pacotille et quelques outils en fer. Pour montrer notre bonne volonté, je fis ajouter en « cadeau » plusieurs couvertures rayées destinées aux petits chefs.

Lorsque la délégation comanche s'éloigna, il était beaucoup trop tard pour reprendre la route et je décidai de bivouaquer à cet endroit. Quelques *traders* vinrent me féliciter d'avoir adroitement mené les négociations, surtout ceux qui tenaient beaucoup à leur whisky. Mais le vieux Steed ne vint pas et se tint à l'écart avec ses « garçons ». De toute façon, je n'attendais rien de lui...

Le café frémissait dans le pot au-dessus des flammes. Clint Patte-de-bois s'en servit un quart, puis m'en proposa d'un mouvement du menton. J'acceptai son offre. Il embrasa le bout d'un cigare à un tison, envoya une volute de fumée vers les étoiles qui s'allumaient dans le ciel. Trois rides barraient son front, comme si un sentiment d'inquiétude le tenaillait.

« Crois-tu que nous reverrons les Comanches? me demanda-t-il.

— Oui. Nous les retrouverons bientôt sur la piste. »

Clint se leva alors lourdement sur sa jambe valide et s'appuya contre la roue d'un chariot, tira une longue bouffée sur son cigare. Un quart d'heure plus tard, il l'éteignit sur sa botte et regarda le ciel sombre.

« Demain, la journée sera rude, remarqua-t-il sourdement.

— Demain, ou un autre jour, peu importe. Bonne nuit.

— Bonne nuit. »

Clint Patte-de-bois était à mes yeux le plus sympathique de tous les hommes appartenant au groupe des guides. Si on me l'avait demandé, j'aurais absolument été incapable de lui donner un âge, même approximatif.

Ce qui nous faisait nous comprendre le plus facilement l'un et l'autre, c'étaient encore nos silences. Car dans la Prairie, il suffit d'un regard, d'un simple signe, pour exprimer dix choses différentes. Là où tout n'est que rudesse, violence, brutalité, le moindre détail a son importance. On identifie un homme à la couleur de ses bottes, la forme de son chapeau. Un regard trahit un individu mieux qu'une parole, qui peut être mensongère. J'avais appris tout cela chez les Lakotas. Et Clint Patte-de-bois l'avait découvert de son côté dans les montagnes.

« J'ai chassé l'ours, m'avait-il dit un soir à l'étape. Pendant quatre ans, j'ai sillonné les montagnes, puis je suis redescendu vers les plaines. Je me suis marié à l'indienne avec une beauté pawnee. »

Il avait soupiré longuement, puis laissé tomber :

« J'aurais peut-être dû rester vivre tranquillement dans sa tribu. Quoique aujourd'hui...

— Pourquoi l'as-tu quittée?

— Pour la ruée vers l'or, bien sûr! Comme tout le monde! Toi-même, n'es-tu pas allé en chercher?

— Si. »

Là, je m'étais tu. Car il aurait été trop long de lui expliquer que je n'étais allé dans les Black Hills que pour décourager les hommes de bouleverser les collines sacrées, et non pour chercher comme eux la fortune [1].

Mais les longues années qu'il avait traînées dans

1. Voir *Cheval-Tonnerre et les chercheurs d'or*, dans la même collection.

la Prairie ne l'empêchaient pas de conserver au fond de lui-même une vaste culture d'homme civilisé : il aimait citer des passages de l'Ancien Testament, des phrases de Shakespeare, des morceaux choisis de l'*Iliade* et de l'*Odyssée*. Parfois, dans une phrase, il mêlait des mots de latin, d'espagnol, de vocabulaire indien, rendant impossible toute forme de contradiction. Enfin, il buvait un litre de whisky par jour, mais personne ne le voyait jamais soûl.

« C'est un charlatan! affirmaient les uns. Ses phrases sont creuses et il brasse du vent! C'est un bateleur!

— C'est vrai : il devrait faire de la politique. Je le verrais très bien sénateur, gouverneur, ou à un poste comme ça!

— Ouais. C'est un bon acteur. »

L'important pour moi était de savoir qu'il était avant tout un excellent tireur...

Le lendemain, je me réveillai aux premières heures du jour. A l'est, des lueurs incertaines pointèrent, puis le ciel rosit au ras de l'horizon.

Je m'étirai longuement dans la fraîcheur de l'aurore. Il fallait profiter de cette température encore clémente de la nuit, car la journée serait chaude. Mes pensées s'évadèrent loin de là : au campement lakota, les guerriers devaient se préparer pour partir à la chasse au petit gibier. Topsonnah allait prendre son seau d'écorce de bouleau pour descendre puiser l'eau à la rivière.

Ma gorge se serra...

Je fis quelques pas pour m'éloigner des chariots. La rosée toute fraîche rendait l'odeur de sauge plus piquante que sous le soleil. Des souvenirs heureux montèrent à mon esprit : la paix au sein du clan, la vie simple des Indiens, la sérénité des vieux guerriers. Celui-qui-sait possédait la sagesse. Moi, je connaissais l'âme blanche : à nous deux, suffirions-nous pour sauver durablement notre malheureuse tribu? Peut-être ne nous restait-il plus que quelques années de bonheur devant nous... Alors, que faisais-je ici à perdre mon temps avec des convoyeurs ne pensant qu'au commerce et au profit? J'avais un vague sentiment de honte, mais me sentais terriblement piégé dans cette affaire.

Le convoi s'éveillait.

J'entendis des coups sourds du côté des chariots. Des feux s'allumèrent et l'arôme du café vint chatouiller mes narines.

« Salut, l'Indien! Belle journée qui s'annonce, pas? »

Harry Colton était là, planté auprès de son cheval. Malgré l'heure, il ingurgitait déjà un rince-cochon bu à sa bouteille en grès. Il essuya le coin de sa bouche, puis :

« Alors, l'Indien, on a fait un peu de commerce avec les hostiles, hier? Je croyais qu'ils venaient trinquer avec nous, mais tu les as tenus à l'écart et...

— Quand j'aurai besoin d'un prédicateur, je t'appellerai, Harry!

— Voyez-vous ça! »

Visiblement, Harry Colton avait décidé de me provoquer ce matin-là. Peut-être avait-il comploté avec les mauvaises têtes du convoi : Bill Jordan se rapprocha de nous, bientôt suivi de Pedro Torrès.

« Alors, il paraît que les Comanches vont revenir en force, parce que tu n'as pas voulu leur donner de whisky? lança Bill Jordan d'une voix traînante. S'ils veulent nous torturer et nous éventrer, je sais comment les recevoir! »

Martin Cross et Chumbley, les deux autres « garçons » du vieux Steed, rappliquèrent à leur tour. Cela faisait à présent beaucoup de monde autour de moi...

Je cherchai à oublier les battements de mon cœur, mais c'était difficile. Qu'allais-je pouvoir tenter pour éviter l'affrontement? Je me sentais tellement écrasé par le mépris de ces Blancs... Je me raclai la gorge et lançai :

« Ces Indiens ne nous feront pas de mal si...

— Pour toi, naturellement, ce sont des... frères! releva Bill Jordan d'un ton sec. Pour moi, ce ne sont que des sauvages assoiffés de sang! »

Il avait détaché les mots « sauvages assoiffés de sang ». Pour leur donner toute l'importance que sa haine leur portait. Je ne m'y arrêtai pas : à quoi cela aurait-il servi? Je répondis :

« Je sais exactement de quoi ils sont capables. »

Cela pouvait être traduit comme chacun l'entendait. Je voulais gagner du temps, car il était hors de question de pouvoir le convaincre, lui et les autres *traders*. Un très petit nombre de ceux-ci étaient prêts à perdre quelques dollars de marchandises, et ils n'hésiteraient pas à sacrifier la peau de quelques dizaines de Comanches. Dans leur esprit, tout était joué.

De toute sa taille, Bill Jordan me toisa. Son regard clair restait planté dans mes yeux, arrogant, méprisant. A cet instant précis, pensait-il à sa ferme brûlée, à sa femme massacrée avec l'enfant qu'elle attendait?

Peut-être.

Pour lui, et bien que je n'eusse pas la peau rouge, il m'avait rejeté de son univers, définitivement. Mais j'abandonnai ces hommes à leur haine pour m'occuper des ordres à donner pour le départ. Ils me laissèrent m'éloigner sans me provoquer davantage, car ils avaient encore besoin de moi.

*
* *

L'étape du soir serait Dodge City. Une fébrilité

119

s'empara de tout le convoi. Dans le chariot des Parker, ce fut l'affolement : les femmes ne parlaient que de robes froissées, « immettables »... Plusieurs *traders* se rasèrent et le vieux Steed exigea un brin de toilette de ses « garçons ». Malgré sa stature imposante, le vieux bonhomme avait des mains fines et blanches, des mains d'intellectuel ou d'aristocrate. La piste ne convenait guère pour cela, mais il aimait s'entourer de luxe et s'habillait avec recherche. Une redingote en beau drap noir, sur une chemise plissée en fine batiste, lui donnait grande allure. Car le vieux Steed n'était pas un *trader* comme les autres. Chaque dimanche que le bon Dieu faisait, il arborait un chapeau melon et faisait briller ses souliers vernis avec de la graisse d'ours. Il mettait aussi une chemise propre, et ça, c'était un véritable exploit! Chaque fois que nous avions une rivière à franchir, un gué à passer, il donnait son linge sale roulé en boule à l'un de ses « garçons ». Le malheureux faisait alors ce qu'il pouvait pour lui redonner une apparence présentable — mais il aurait eu plus de chance à chercher des pépites d'or sous les sabots de ses mules! Ensuite, pour le faire sécher, il suspendait le linge du vieux à un grand bâton fixé à son chariot, claquant au vent comme la bannière étoilée de l'Union.

Le voyage de la journée se passa sans incident et personne ne pensait plus aux Indiens, qui n'attaquent jamais à proximité d'une ville. En fin d'après-midi, nous arrivâmes à Dodge City.

C'était une petite agglomération à l'aspect misérable. Des chiens efflanqués, la tête entre les pattes,

faisaient semblant de somnoler dans la poussière. En réalité, ils jetaient à intervalles réguliers des regards craintifs d'animaux habitués à recevoir des coups de pied.

D'anciens trappeurs grisonnants traînaient là, vivotant de presque rien. Ils s'asseyaient sous les galeries en rêvassant aux temps anciens et de leurs yeux délavés parcouraient l'horizon éternellement vide.

Nous restâmes une seule nuit à Dodge City, puis nous reprîmes la route.

Les miles succédèrent aux miles. A présent, les plaines au relief presque régulier de la Prairie se trouvaient derrière nous. La montée des collines devint difficile. Rapidement, le paysage changea. Il devint plus sauvage et plus désolé.

Là, commençait le territoire des Comanches.

*
* *

Cela faisait déjà plus de quatre heures que nous roulions au soleil. La rare végétation devint presque inexistante. Les ravins, de part et d'autre de la piste, se firent de plus en plus profonds.

J'allai en tête du convoi. Droit devant moi, la piste de Santa Fe s'élevait en une longue montée, d'un mile et demi environ. Ensuite, il faudrait redescendre et attaquer une montée plus rude. Les attelages souffriraient durement.

Après une halte pour faire souffler les bêtes, je dis à mon lieutenant :

« Clint, prends le commandement du convoi, occupe-toi des hommes et des chariots.

— Il n'y aura aucun problème.

— Si tu as trop bu, si, il y en aura!

— Bon, alors je réduirai ma ration de whisky de moitié.

— Je vois que tu es raisonnable. A bientôt.

— Tu pars en reconnaissance?

— Oui.

— A bientôt. »

Ancien éclaireur civil, il ne me posa pas d'autre question. Car il avait confiance, sachant qu'un homme seul est souvent plus efficace qu'une armée tout entière, pour déjouer les innombrables dangers de la Prairie.

J'allais enfourcher mon poney, lorsque Harry Colton surgit soudain auprès de nous. Ses yeux brillaient d'ironie évidente :

« Tu t'en vas, l'Indien? me demanda-t-il après avoir craché son jus de chique à ses pieds.

— Oui.

— Pour toujours?

— Non, rassure-toi. Pour deux ou trois jours seulement.

— Ah, je vois : tu vas vendre nos scalps aux Comanches! »

Je ne répondis pas. L'autre insista, la voix chargée de haine :

« Ton affaire est claire, l'Indien! Tu vas aller traiter avec les hostiles, t'entendre avec eux sur notre dos! Tu n'es qu'un être dégénéré dont le cœur a pourri au contact de la race rouge.

— Tu ne sais dire que des bêtises, Harry. D'ailleurs, tu es trop jaloux pour y voir clair...

— Peut-être, ricana-t-il. Mais je maintiens ce que je dis : tu vas vendre nos scalps aux Indiens!

— De toute façon, tu sais, ils ne valent plus bien cher... »

CHAPITRE XI

LES COMANCHES ATTAQUENT!

Dès que je me fus éloigné du convoi, je retrouvai le calme de la Prairie. Chaque être vivant, et même les pierres, les plantes et la terre, formèrent autour de moi comme une grande famille, un univers familier.

J'allai droit devant moi.

Comment se présenterait le danger que faisaient peser les Comanches? Je ne le savais pas encore. Peut-être tomberais-je à l'improviste sur un parti de guerriers... J'interrogeai le sol : rien que des traces de vie animale ne représentant aucune menace. Je m'étais peut-être trompé en craignant pour la vie des *traders*.

Un peu rassuré, je continuai d'observer le terrain à droite et à gauche en avant de la piste, durant vingt-quatre heures. Puis je décidai de me rabattre sur la route pour attendre le convoi. C'est alors que je découvris les premières traces. Je mis pied à terre et m'accroupis sur le sol :

« Dix-sept guerriers sont passés par ici, observai-je. Ils étaient en guerre. »

Un Blanc n'aurait sans doute remarqué là que des pas de chevaux. Moi, je savais que les hommes passés à cet endroit avaient des intentions belliqueuses. Leur train rapide indiquait qu'ils avaient un but précis, tel que rassemblement ou grand conseil. Inquiet, je suivis ces traces. Elles furent bientôt rejointes par d'autres, puis d'autres encore. Elles se dirigeaient toutes en direction de l'est, puis bifurquèrent légèrement sur la droite.

Comme pour aller couper la piste des chariots...

Dès que j'eus regagné le convoi, je donnai les ordres nécessaires pour parer à une attaque imminente. Les *traders* ne s'affolèrent pas, chacun s'attendant tôt ou tard à une embuscade comanche. Je m'inquiétai cependant pour les femmes Parker.

Demain, ou après-demain, les Comanches attaqueraient. Ce jour-là, ils se présenteraient en force, à l'endroit qui leur conviendrait le mieux. De toute façon le convoi ne pourrait pas leur échapper : les chariots restaient prisonniers de la piste.

Que pensaient les hommes?

J'étais persuadé que la plupart d'entre eux restaient optimistes, voire inconscients : ils se croyaient supérieurs aux Indiens par la couleur de leur peau, leur civilisation et leurs armes à feu. Bien d'autres avant eux avaient été ainsi sur toutes les pistes de l'Ouest, et beaucoup d'entre eux étaient morts à présent.

Les *traders* avaient-ils peur de la mort? Aucun homme n'accepte celle-ci de gaieté de cœur. L'essentiel, c'est de cacher profondément sa peur et de paraître stoïque aux yeux des autres.

« Et toi, Cheval-Tonnerre, as-tu peur de la mort? »

En me posant cette question à moi-même, je fus bien incapable d'y répondre! Je savais que je *saurais* mourir s'il le fallait, un point c'est tout.

Mais en attendant, je ferais tout pour l'éviter, simplement parce que je voulais revoir Topsonnah et le campement de mes frères lakotas. Après tout, c'était peut-être ça, mon goût éperdu de la vie.

*
* *

« Les Comanches, les Comanches arrivent! cria le jeune Tex. Ça y est, ils nous attaquent! »

Les guerriers rouges firent leur apparition le lendemain vers midi. Ils apparurent de chaque côté de la piste, surgis de derrière un mouvement de terrain qui les masqua jusqu'au dernier moment. Le convoi s'apprêta aussitôt à former le cercle, mais les Indiens fonçaient sur nous. Un terrible hurlement de guerre retentit, auquel répondirent les coups de feu de nos armes.

« Fais respecter les consignes, criai-je à Clint Patte-de-bois. Moi, je vais voir jusqu'au chariot des Parker!

— Compte sur moi, l'Indien! Les Faces Rouges seront bien reçues! »

Sans attendre que le cercle des chariots fût complètement formé, les *traders* réagissaient vigoureusement pour disperser les assaillants. Les fusils claquaient de toutes parts. J'arrivai rapidement à la hauteur du véhicule des Parker.

Un guerrier comanche fondit sur nous avec son poney. Il sauta à terre en voltige, boula sur le sol, visiblement pour venir nous attaquer au corps-à-corps. Mais Nella ne lui laissa aucune chance et l'abattit d'une balle en plein front. Décidément, la jeune fille se révélait être douée d'une énergie à toute épreuve. Aussi adroite au fusil qu'au revolver à six coups, elle était capable de faire le coup de feu sans faiblesse.

Autour de nous, il y avait déjà deux morts. Richard Moore était blessé, une flèche en roseau profondément enfoncée dans la poitrine. Je compris qu'il n'y avait plus grand-chose à faire pour lui et, dans son regard, je lus qu'il le savait aussi.

Mais les Comanches n'avaient pas que des arcs et des flèches! Certains possédaient un *Plain rifle* [1],

1. Fabriqué depuis 1812 par Jake Hawken, armurier de Saint-Louis.

robuste fusil à silex trimbalé depuis le début du siècle par tous les trappeurs des plaines et les *mountainmen*. La balle pardonnait rarement : crachée par un canon octogonal à rayures, elle était d'un calibre de 53 (13,5 mm), atteignant parfois 74 (18,8 mm)!

D'autres guerriers brandissaient aussi des *Mackinaw Guns* ou « Fusils de la baie d'Hudson », armes de traite anglaises bon marché [1]. La plupart avaient leur mécanisme à silex modifié par le système à percussion. La platine de certains se terminait par une tête de loup regardant vers l'arrière. Enfin, plusieurs Comanches étaient armés de carabines et fusils *Sharps* à chargement par la culasse.

Richard Moore souffrait beaucoup et se mit à hurler. A ce moment-là, je regardai le ciel. Le soleil n'était pas encore tout à fait au plus haut.

Et il faudrait tenir jusqu'au soir...

Soudain, des panaches de fumée s'élevèrent, puis de grandes flammes embrasèrent les bâches de plusieurs chariots. La panique s'empara des mules du convoi. Certaines réussirent à se sauver, filant droit devant elles, comme des folles. Trois Comanches se lancèrent à leur poursuite puis, réflexion faite, firent demi-tour en criant.

Deux jeunes *bull-whackers* avaient saisi la bride de leur cheval. Je devinai qu'ils avaient l'intention de se sauver si les choses tournaient vraiment mal

1. Fabriqués à Birmingham.

Il atteignit en pleine poitrine un jeune Indien... →

pour nous. C'était de la folie : où seraient-ils allés?

Je leur criai :

« Vous n'avez encore jamais eu l'occasion de vous battre contre les Indiens, je suppose?

— Non. Pourquoi?

— Si vous tournez le dos aux guerriers comanches, vous serez morts avant d'avoir fait un quart de mile! Il faut toujours lutter en faisant face, sinon c'est la mort assurée!

— Mais, commença le plus jeune...

— Tais-toi et fais le coup de feu jusqu'au bout! Tant qu'il te restera une cartouche à brûler, tu auras une chance de t'en sortir! »

Harry Colton tirait des coups de colt bien ajustés sur les cavaliers comanches. Il atteignit en pleine poitrine un jeune Indien monté sur un poney rouge. L'homme tomba sans un cri et vint rouler dans la poussière jusqu'aux roues des chariots.

Les Comanches tournaient toujours. Soudain, ils élargirent le cercle et il fut pour nous plus difficile de les atteindre. D'autres cavaliers apparurent, l'affaire devenait sérieuse. Je criai :

« Halte au feu! Economisez vos munitions! »

Les Indiens s'étaient éloignés et avaient cessé de tourner. Ils paraissaient indécis. Le jeune Tex poussa un cri de triomphe :

« Ça y est! Ils abandonnent le combat! Ils se regroupent pour se sauver! Ils ont leur compte...

— Ils se regroupent en effet, approuvai-je. Mais c'est pour donner l'assaut. »

Clint jura entre ses dents.

Dans quelques minutes à peine, les Comanches

fonceraient de nouveau sur nous, pour l'attaque finale...

*
* *

Le gros Pedro Torrès lança au milieu d'un grand rire, comme pour exorciser le danger imminent :
« Attention à vos scalps, les Indiens reviennent ! »

En entendant cela, Mme Parker ramena son fichu sur ses épaules et sur sa poitrine maigre. Puis elle noua un foulard sur sa tête, comme pour protéger son scalp !

Tous les hommes rechargeaient rapidement leurs armes. Son revolver s'étant enrayé, un vieux *mule-skinner* brandit une fourche à foin en menaçant toutes les tribus indiennes du continent des Amériques de la leur planter dans le ventre. Richard Moore était déjà pâle comme un mort.

Jusque-là, j'avais une bonne raison de croire que les hommes du convoi résisteraient bien. Ils se battraient sans doute jusqu'à la dernière cartouche, mais combien y laisseraient la vie ? Pourvu que les femmes...

C'est au moment où les Comanches lancèrent une nouvelle attaque, que j'eus la plus désagréable surprise de la journée !

Le jeune Roy Doolin bondit jusqu'à moi :
« Qu'allons-nous faire ? Nous n'avons presque plus de poudre, ni de munitions... »

J'avais presque oublié ce détail important. Je ne

130

voulus pas répondre à la question de Roy et lui demandai :

« Que fait ton père?

— Il se bat comme un... fou! Il tire sur tout ce qui bouge du côté des Indiens. Toutes les deux minutes, il se retourne pour crier à ma mère de se tenir à l'abri : il est persuadé qu'elle est encore avec nous...

— Retourne auprès de lui et conseille-lui d'économiser ses munitions!

— Ce sera difficile, mais je tâcherai de le raisonner.

— Si tu n'y parviens pas, assomme-le. »

Et puis, tout aussitôt après, Clint Patte-de-bois vint m'avertir à son tour :

« Il se passe quelque chose du côté des chariots du vieux Steed, l'Indien!

— Quoi donc?

— Je n'en sais rien exactement : comme un manque de résolution au combat...

— Allons voir ça de près! »

En passant auprès d'un chariot en flammes, j'eus comme une impulsion subite et inexplicable : je m'emparai d'un morceau de planche embrasé comme une torche.

La défense de Steed et de ses « garçons » était molle en effet : je sentis les hommes prêts à trahir la communauté pour traiter avec les Comanches. Le vieux *trader* était sans doute décidé à négocier ses armes avec nos assaillants, même s'ils n'étaient pas ses clients prévus... Cela me révolta mais je restai maître de moi. Le seul à se battre réellement était

encore Bill Jordan, encore le faisait-il pour des raisons et une haine personnelles.

En me voyant arriver, le vieux Steed me jeta un regard mauvais. Chumbley était ivre, Martin Cross et Pedro Torrès ricanèrent. J'eus la désagréable impression de tomber en plein milieu d'un beau complot. Heureusement qu'à ce moment précis la pression des Comanches venait de faiblir, les guerriers s'occupant à regrouper leurs forces.

« Que se passe-t-il, par ici? demandai-je au vieux *trader*.

— Rien du tout, l'Indien! A part que tu nous as tous mis dans de beaux draps!

— Mon scalp ne vaut plus vingt pesos! cracha méchamment Pedro Torrès.

— Nous nous en tirerons sans toi! ricana Martin Cross en tournant son arme vers moi. Je vais... »

Il n'avait pas besoin de m'expliquer longuement ce qu'il avait l'intention de faire. Mais l'homme à la figure de fouine fut pris de court : une voix ironique éclata sur ma droite :

« Laisse, Martin, *il est pour moi*! »

Harry Colton s'était joint à la bande et me tenait en joue.

*
* *

A cet instant, je me sentis perdu. Un calme étrange descendit cependant en moi : qu'importait tout cela? Ma mort venait simplement plus tôt que je ne le pensais. J'étais encore un adolescent, mais combien de ces hommes seraient encore vivants ce soir?

La Mort...

Que m'avait dit autrefois Celui-qui-sait, le voyant-guérisseur au campement d'hiver? Il m'avait appris que le paradis, l' « empire des Morts », se trouve quelque part, très loin vers l'ouest. Les Indiens croient aussi que le « chemin des Morts » est la Voie lactée. J'étais prêt à laisser mon esprit s'envoler parmi les étoiles quand, soudain, un visage s'imposa à ma mémoire : celui de Topsonnah...

Il ne fallait pas que je meure!

Je fixai l'index d'Harry Colton dont les phalanges blanchissaient sur la détente de son arme. Plus qu'une seconde ou deux de vie sur cette terre...

C'est alors que le morceau de planche enflammé que je tenais à la main se rappela à moi tout à coup : des flammèches commençaient à me chauffer l'avant-bras. J'écartai vivement cette torche de moi, et faillis du coup mettre le feu à l'un des chariots du vieux Steed se trouvant tout près de moi.

Cela me sauva la vie :

« Arrête! hurla le bonhomme en croyant que je voulais incendier volontairement son véhicule. Et toi, Harry, baisse ton arme! Nous sommes tous des amis, non? »

Clint Patte-de-bois ricana. Je me rendis compte que son revolver avait sauté dans sa main avec une rapidité folle : même s'il n'avait pu me sauver à temps, je compris que mon tueur aurait été abattu dans la seconde même. Mon lieutenant unijambiste marcha en se dandinant vers le chariot que je « menaçais » toujours de ma torche :

« Alors, vieux pirate de la Prairie, on craint pour

sa *pacotille*? » lança-t-il ironiquement au vieux Steed.

Les traits du trafiquant s'étaient décomposés. Il avala difficilement sa salive et voulut discuter. Mais Clint ne s'occupait plus de lui. Comme guidé par une idée précise, il entreprit d'arracher la paille débordant de l'arrière du chariot que j'avais manqué d'incendier. Il détacha la bâche, puis s'exclama :

« Oh, oh! Voici une marchandise fort intéressante! »

Dans son chariot, le vieux Steed avait parfaitement fait conditionner son chargement : des caisses d'armes toutes neuves reposaient sur un lit de paille, calées sur les bords par des ballots de foin. La présence de celui-ci pouvait passer, en les masquant, pour de la nourriture destinée aux mules et aux bœufs.

Le vieux Steed se reprit rapidement et s'approcha de nous, tout mielleux, pour nous amadouer. Mais le temps n'était pas aux explications, ni aux règlements de comptes.

Les Comanches relancèrent soudain leur attaque...

CHAPITRE XII

LA PRAIRIE SAURA-T-ELLE ME PARLER?

« CHACUN à son poste! Visez bien et feu à volonté! »

Le plus gros des forces comanches se porta sur notre gauche. Je distinguai nettement le chef des guerriers rouges galopant en tête. Son cheval portait un ornement frontal et un pendant en perles appliquées sur le poitrail, éléments décoratifs caractéristiques de sa tribu.

« Ils tentent un dernier assaut général avant la

tombée de la nuit! criai-je. S'ils nous sentent faiblir... »

Une salve cueillit les premiers cavaliers. Plusieurs tombèrent, les autres tournèrent bride : l'attaque comanche fut rapidement brisée. Les guerriers se retirèrent alors à l'écart du cercle des chariots, puis se regroupèrent sur une éminence pour tenir conseil. Même s'ils abandonnaient la lutte jusqu'au lendemain, nous ne pourrions pas leur échapper, à cause du convoi et de la lenteur des attelages. L'attaque reprendrait lorsque les Comanches auraient reçu des renforts...

Les *traders* soufflèrent un peu et profitèrent de l'accalmie pour renforcer leurs emplacements de combat.

« Quelles sont vos pertes? demandai-je à un *bullwhacker*.

— Je n'en sais rien...

— Alors, faites l'appel par chariot!

— Bien, capitaine!

— Je veux savoir combien nous avons perdu de bêtes : peut-être faudra-t-il abandonner quelques véhicules en plus de ceux qui ont brûlé!

— Tu as raison, l'Indien, approuva Clint Patte-debois. Nous détruirons sur place les chariots des *traders* morts.

— Parfait! En attendant, occupons-nous des blessés... »

Richard Moore souffrait beaucoup. Le blanc de ses yeux était injecté de sang. Son regard était terne comme celui d'un moribond. Sa bouche ouverte, les lèvres gercées par la chaleur, le soleil, la poussière et la soif, laissait échapper des plaintes rauques.

Mme Parker passait sa main fine sur son front. Elle essuyait la sueur froide de ses tempes avec un fin mouchoir de batiste. D'une voix douce, elle disait simplement :

« Là, là, là... »

Son ton était rassurant, comme celui d'une mère soignant un enfant malade. Et ce simple mot répété voulait dire :

« Tu n'es pas abandonné, tu ne risques rien. Je m'occupe de toi et tu vas guérir. Ce n'est rien. Dès que tu seras remis sur pied, tu verras, tu seras heureux de vivre comme avant... »

Il mourut quelques instants plus tard.

Je grimpai sur la banquette de son chariot pour avoir une vue d'ensemble du convoi. Il fallait réorganiser notre défense. J'appelai Clint Patte-de-bois et lui ordonnai :

« Fais enlever les épaves des véhicules incendiés pour resserrer le cercle des chariots! Assure-toi que tout est bien en place. Et fais installer les chariots d'armes du vieux Steed face à l'est!

— Face à l'est...?

— Oui, ne discute pas : *face à l'est!*

— Je pense que tu dois avoir tes raisons?

— J'en ai une en effet, et elle est d'importance.

— Alors, dans ce cas... »

Clint Patte-de-bois doubla les sentinelles autour du camp et décida des heures des relèves. Puis il interdit aux hommes de fumer.

« Si la lune pouvait briller toute la nuit, hasarda un *mule-skinner*, la garde serait plus facile.

— Oui, c'est à souhaiter », répondit un autre d'une voix sourde.

De gros nuages montaient lentement dans le ciel sombre. Bientôt, la clarté lunaire ne serait plus qu'un souvenir. Je devinai l'anxiété s'emparant des hommes dans la pénombre.

« Je ne dormirai pas beaucoup cette nuit, admit Roy Doolin. Mon père est resté très agité.

— Je ne fermerai pas beaucoup l'œil moi non plus, avoua Clint. Et toi, l'Indien?

— Je vais me coucher, répliquai-je d'un ton neutre. La journée de demain sera longue. »

Un haussement d'épaules me répondit.

Les hommes du convoi avaient sans doute entendu dire que les Indiens n'attaquaient jamais la nuit, mais ils demeuraient cependant très inquiets, craignant une attaque-surprise.

Ils avaient tort.

Connaissant les fils de la Prairie comme je les connaissais, j'étais persuadé qu'elle n'aurait pas lieu avant le lever du jour. Aussi, quittai-je les hommes pour aller m'étendre auprès de mon poney.

Mais mon intention n'était pas de dormir toute la nuit! J'allais simplement me reposer une paire d'heures. Puis, le plus discrètement possible, je quitterais le campement pour m'enfoncer dans l'épaisseur de la nuit.

Ensuite, lorsque j'aurais quitté la chaleur rassurante du convoi, je ne devrais plus compter que sur moi-même. Je n'aurais plus que l'instinct que possède tout éclaireur ou chasseur d'homme pour la traque : ce sixième sens aiguisé par des années de vie menée au contact du danger permanent et de l'éventualité d'une mort soudaine.

Mais à ce moment-là, la moindre erreur de ma part tournerait à l'avantage des Comanches, et je ne serais même pas sûr d'avoir le temps d'apercevoir l'homme qui lèverait son arme pour me tuer.

Comme pour favoriser mon projet, la lune disparut soudain, masquée par les nuages.

*
* *

« Là! doucement! Je vais te faire de beaux mocassins!... »

Avec précaution, j'enveloppai les sabots de mon poney avec des peaux de daim. Je les attachai solidement autour des fanons à l'aide de lanières de

cuir. D'un geste machinal, je tâtai la présence rassurante de mon couteau à scalper à ma ceinture, puis je saisis mon arc de mûrier.

J'étais prêt.

Jérémie Parker se trouvait de garde à ma hauteur, face au sud. C'est vers lui que j'allai en silence, devinant sa silhouette accroupie à une vingtaine de pas au-delà des chariots. Il m'entendit arriver dans son dos juste au dernier moment, surpris que ce soit déjà la relève. D'un geste, je lui fis comprendre de ne pas faire de bruit. Il se leva aussitôt :

« Tu t'en vas, l'Indien ? me demanda-t-il avec étonnement. Tu crois que... »

Il croyait que j'allais m'enfuir lâchement devant l'imminence du danger. Visiblement, je le décevais beaucoup et mon attitude le surprenait. Je souris pour le détromper aussitôt :

« Je ne fais que m'absenter quelques heures, monsieur Parker. Je pars en reconnaissance. Il faut absolument savoir quelles sont les forces reçues en renfort par les Comanches. Je pense pouvoir le faire assez facilement.

— Comment feras-tu pour approcher jusqu'à leur campement ?

— Ils ne doivent guère se tenir sur leurs gardes. Dans leur esprit, les Blancs n'ont pas assez d'audace pour aller les espionner jusque sous leur nez. Je me débrouillerai. Par contre, pour rentrer, je n'ai pas envie de me faire tirer dessus par nos hommes ! Qui est de garde après vous ?

— C'est Frank Boughton. Ensuite...

— Bon. Alors, avertissez les hommes et qu'ils fas-

141

sent passer la consigne aux suivants : je rentrerai probablement avant les premières lueurs de l'aube.

— Compris. Bonne chance, l'Indien!

— Merci. Et vous, monsieur Parker, n'oubliez pas la consigne, hein?

— Compte sur moi. »

Je m'éloignai sans faire de bruit en tirant mon poney par la bride durant une centaine de pas, puis j'enfourchai ma monture.

*
* *

Mes yeux s'habituèrent vite à l'obscurité presque totale : la lune et les étoiles ne réapparaîtraient pas de sitôt. Tant mieux, car cela m'aiderait.

Pour me guider, je devais suivre mon instinct et rien d'autre. Où trouver le bivouac des Comanches? Ils avaient disparu dans le sud-est mais, dès les premières dépressions du terrain, ils avaient pu prendre n'importe quelle direction. Chercher à lire en pleine nuit leurs traces sur le sol aurait été une pure vue de l'esprit.

Mais j'avais une autre idée.

Lorsque je fus éloigné de deux miles et demi environ du convoi, je m'arrêtai. Autour de moi, planait le silence de la nuit. La Prairie sommeillait, profitant pleinement des heures fraîches. Un léger souffle vint me frapper au visage, comme une caresse. Nu sous ma chemise en peau de daim, je frissonnai malgré moi. Mon poney renifla le sol, à la recherche de maigres brins d'herbe. Je mis pied à terre et fis quelques pas.

Cette brise apaisante, c'était le souffle de Wakan Tanka, le Grand Esprit. Je fis le vide dans mon esprit, pour oublier tous les jours précédents, les chariots des Blancs, la civilisation. Je devais revenir à la source de toute vie, à la nature vivante.

La Prairie saurait-elle alors me parler?

Planté au milieu de la nuit, je fermai les yeux. Seules mes oreilles pourraient me guider. Normalement, les Comanches n'étaient pas très éloignés de l'endroit où je me trouvais. Ils devaient se préparer à l'attaque du matin. Certains buvaient probablement de l'alcool pour fêter la victoire avant l'heure, car tous ne reviendraient pas du combat. Ils le savaient mais, parce qu'ils étaient courageux comme tous les Hommes Rouges, ils n'éprouvaient aucune amertume. Au besoin, les tambours de guerre se chargeraient encore de fortifier leur cœur. J'écoutai la nuit pour déceler leur battement sourd.

Mais autour de moi, c'était le silence.

Puis, venant de loin, de très loin, j'entendis enfin leur grondement résonner jusqu'à moi. Faible, il s'amplifia. Il emplit bientôt mes oreilles, me pénétra, paralysa mon esprit.

Un frôlement mouillé caressa mon épaule : mon poney avait entendu lui aussi et il m'avertissait, prêt à se mettre en route.

*
* *

Doum-doum-doum...

Je sentis mon cœur bondir de joie dans ma poitrine. Car ce que j'entendis alors n'était pas le bat-

tement des tambours comanches, apporté par le
vent léger qui venait de tourner : c'était le chant de
ceux de la *Wi wanyang wacipi*, la Danse du Soleil...
La fois où j'avais été torturé selon l'épreuve du
« bison regardé dans les yeux », celle que j'avais
choisie pour mon initiation de jeune guerrier lakota.

Ainsi, le lien me rattachant à l'âme de ma tribu
n'était pas rompu! Une joie fantastique envahit tout
mon corps. Mon esprit vola au-delà des collines,
traversant d'un seul coup les centaines de miles me
séparant des miens. Je revis le cercle de ma nation,
les râteliers à viande où sèchent les lanières de bison,
les poneys enfermés dans le corral.

Qui veillait cette nuit-là au campement des Lakotas? Je ne vis qu'un seul guerrier.

C'était mon vieil ami Celui-qui-sait. Assis dans

son tipi, le visage tourné vers moi, le voyant-guérisseur me regardait fixement. Et son esprit était prêt à parler à mon esprit, par-dessus les montagnes, pour répondre à mon appel muet.

*
**

Doum-doum-doum...
Le bruit des tambours emplissait toujours ma tête.

Celui-qui-sait, le voyant lakota, me dirait-il où se trouvaient les Comanches? Les distances, dans l'Ouest, sont démesurées. Il fallait que la force de nos esprits parvienne à les franchir. Aucun Blanc à ma place n'aurait cru la chose possible, mais moi, je m'y accrochais avec un espoir fou. J'avais tellement besoin d'être rassuré!

« ... *tout ce qui se meut dans l'univers — les quadrupèdes, les insectes, les ailés — tous se réjouissent et m'aident, moi et ma tribu.* »
C'était le début de la prière que le voyant-guérisseur avait prononcée dans la loge à transpirer, juste avant la Danse du Soleil. Elle nous avait encouragés, nous les adolescents, pour nous donner la force de supporter toutes les souffrances. Et cette nuit encore, cette prière qui nous tendait l'un vers l'autre, permettrait de nous rejoindre malgré l'espace. J'étais sûr à présent que Celui-qui-sait m'aiderait.

Un grand calme descendit en moi.

Le roulement des tambours s'estompa peu à peu, disparut. Autour de moi, la nuit était toujours aussi sombre, les nuages continuant de rouler dans le ciel.

Je guettais le moindre signe qui me donnerait la direction du campement des Comanches : rien ne se passa. A peine esquissé, le « contact » spirituel avec Celui-qui-sait semblait être rompu! Apparemment, le vieillard ne pouvait m'apporter aucune aide, sans doute à cause de la distance... Et puis, soudain, je réalisai que mon esprit, incapable de se fixer, se dérobait! Resté trop longtemps parmi la civilisation blanche, la profondeur de l'âme indienne s'était enfuie de moi! J'étais souillé. Car je mangeais comme les Blancs, je buvais comme eux du whisky, je pensais comme eux. Seule une ascèse de trois jours et trois nuits aurait pu me remettre sur la voie de la pureté.

Mais d'ici là, les Comanches auraient attaqué le convoi de Santa Fe. Et tous les *traders* seraient scalpés depuis longtemps, sans que j'aie rien pu faire pour les sauver...

CHAPITRE XIII

PREMIER CONTACT, RUDE COMBAT!

« O TUNKASHILA, grand-père, ne peux-tu rien faire pour moi? Je suis seul, au milieu de la Prairie. Mon cœur est près de toi, tu le sais. Dès que les Faces Pâles seront sorties des territoires avec leurs chariots, je reviendrai au campement. J'irai chasser l'élan et l'antilope avec Grosse-brise et Couteau-émoussé. A la fin de l'été, nous irons tuer nos frères les bisons pour survivre à l'hiver qui viendra, rendant l'immensité toute blanche... »

Autour de moi, ce n'était que le silence. Mon esprit tendu ne trouvait aucun écho à ma demande. Wakan Tanka et Celui-qui-sait m'avaient-ils abandonné?

J'ôtai ma chemise en peau de daim. Puis je cueillis quelques branches de sauge, qui est notre plante sacrée. J'écrasai les feuilles dans la paume de mes mains. Je me frottai vigoureusement le visage, la poitrine et les bras. L'odeur familière de la sauge me rappela celle du campement, tout près de la rivière. Je me sentis complètement absorbé par la nature, repris par notre terre-mère.

Alors, je demandai encore :

« O *tunkashila*, grand-père, m'entends-tu à présent? J'ai scruté partout, *tate topa* les quatre directions de l'univers. Où se trouve le parti comanche? Il faut que je me rende jusqu'à lui avant que le jour se lève, et je ne sais même pas où aller le chercher! »

La légère brise accourue du fond des montagnes sembla me répondre. Elle m'apporta le cri lointain d'un coyote. D'autres lui répondirent. Etait-ce un signal des Comanches? Non, je ne pouvais m'y tromper : c'étaient bien des cris de bêtes, rameutés pour un festin macabre.

Mon esprit se tendit.

Je fermai les yeux dans la nuit. Les traits du voyant-guérisseur se précisèrent sous l'effort de ma volonté tendue. Celui-qui-sait, malgré la distance, pouvait m'inspirer. Il le *fallait*. Son visage était assez flou et il me parut plus vieux que jamais. A cet instant précis, je fus persuadé qu'il était centenaire et qu'il possédait toute la sagesse du monde. Topson-nah m'avait affirmé que le vieillard avait plus de cent ans, des guerriers me l'avaient dit aussi et ce devait être vrai. Assis dans son tipi, il ne bougeait plus beaucoup pour économiser ses forces : il pour-rait durer encore très longtemps.

Le vieux fumait la pipe sacrée.

Ses traits se précisèrent. Ses rides, creusées comme des crevasses par les pluies torrentielles dans les Collines Noires, faisaient un réseau de sillons compliqués. Chaque détail était très visible, car il ne bougeait pas. Il ne semblait même pas respirer et je crus un instant qu'il était mort. Cela me fit un coup au cœur, mais je venais de me faire peur bien inutilement! Si son image, par la volonté de son esprit, parvenait jusqu'à moi, c'est qu'il l'habitait encore... Donc, il était vivant! Et la pipe sacrée, qu'il tenait entre ses doigts, fumait.

La tension que je sentais monter en moi était insupportable. Planté au milieu de la Prairie, j'étais plus immobile qu'un roc. J'attendais les paroles de Celui-qui-sait, un signe de lui, sans pouvoir rien faire. Je ne pouvais pas parler et la moindre impatience n'aurait sans doute servi qu'à rompre le charme qui me reliait à lui.

Alors, j'attendis.

Le vieux semblait penser ou prier. Peut-être qu'il dormait. Enfin, il tira légèrement sur la pipe sacrée et ses joues se creusèrent encore un peu plus. Puis il ôta de ses lèvres ridées le tuyau fait avec le jarret d'un petit bison. Ses yeux s'ouvrirent lente-ment. Son regard se plongea au plus profond de moi. Sa bouche s'ouvrit et de la fumée bleue s'en échappa. Il ne me *dit* rien.

Un froid glacé me pénétra. J'avais guetté le signe et il ne m'avait pas répondu...

Mais ses yeux qui pouvaient sembler morts ne me quittaient pas. Ils étaient remplis de malice. Mon cœur s'accéléra : Celui-qui-sait commençait à bouger! Il écarta la pipe sacrée de devant sa poitrine et, d'un geste à peine perceptible, il m'indiqua une direction.

La *ptehincala huhu canunpa,* la pipe sacrée des Sioux, était pointée vers l'est.

Et, là où se lèverait bientôt le soleil, je *vis* dans le creux d'un vallon les Comanches endormis.

*
* *

J'avançais, tous les sens en alerte. Je ne craignais cependant guère de tomber sur des patrouilles comanches, les guerriers ayant dû rester groupés avant de lancer leur assaut du matin. Ils ne tarderaient pas à s'affairer dans leur camp, pour mettre au point les derniers détails de l'attaque. En attendant, ils devaient tout simplement dormir.

Cela me rappela que j'étais très fatigué. J'aurais aimé pouvoir m'étendre pour récupérer quelques forces. Il n'en était pas question, et la journée qui commençait allait sûrement être dure. Elle serait longue, aussi, à moins qu'une balle ou la pointe d'une flèche comanche...

Heureusement, mon poney connaissait son affaire. Il progressait doucement, sans le moindre faux pas,

malgré l'obscurité totale. De temps à autre, il hési-
tait une seconde devant une dépression du terrain,
tâtait avec précaution le sol du sabot, puis reprenait sa marche. Je le laissais faire exactement comme
il l'entendait, guidé par son instinct.

Je chevauchai ainsi durant deux ou trois miles
environ.

Est-ce que la nuit se fit moins noire? Je scrutai
le ciel, mais les nuages masquaient toujours la lune
et les étoiles. Ce devait alors être mes yeux qui
s'accoutumaient de plus en plus à l'ombre. Ma vue
portait à présent à plus d'une centaine de pas autour
de moi. C'était un avantage qui pouvait jouer en ma
faveur : déceler un danger plus tôt pourrait me tirer
d'un traquenard ou d'une mort possible.

Celui-qui-sait m'avait-il bien orienté? Et moi,
allais-je bien dans la direction qu'il m'avait *suggé-
rée*? Lorsque le doute commence à s'infiltrer dans

notre esprit, c'est comme l'effet d'une fissure dans un mur de pierre : tout risque de s'écrouler...

« Je suis sur la bonne route, voulus-je me convaincre. Normalement, je devrais tomber sur les Comanches avant longtemps. Il me semble avoir déjà *vu* cet endroit, ce paysage... »

D'un imperceptible mouvement de la main, j'arrêtai mon poney et mis pied à terre, pour éviter de donner l'alerte en dévoilant ma présence trop tôt. Car si je voyais assez loin à présent, d'autres pouvaient me voir.

Tirant mon poney par la bride, j'avançais lentement, mon arc de mûrier dans la main droite. Droit devant moi, la Prairie s'abaissait en un ample mouvement de terrain. Quelques buissons épars, faits de maigres arbustes, coupaient la vue. Me faufiler entre eux fut un jeu d'enfant, surtout de nuit. Je ne faisais aucun bruit, la pente était douce. Dans le creux de ce vallon étroit que je devinais à moins d'un mile, se trouvait peut-être une mare, un point d'eau, ou le cours presque à sec d'une petite rivière. Cela aurait pu faire un excellent lieu de bivouac. Si les Comanches se trouvaient dans les parages, ils ne pouvaient être que là : j'allais leur tomber dessus avant peu.

Malheureusement, ce furent eux qui me tombèrent dessus...

*
**

Le coup que je reçus fut plutôt rude!

Comme je passais tout près d'un buisson, une

forme bondit sur moi, plus rapide que l'éclair. Sans m'en être rendu compte, j'étais entré dans le dispositif comanche : je le croyais plus loin, beaucoup plus en avant...

Le tomahawk aurait dû me fendre le crâne. Mais l'obscurité et mon réflexe prompt me sauvèrent la vie. Je fis un écart et le fer de la hache de guerre siffla à deux ou trois pouces à peine de mon oreille. Emporté par son élan, le Comanche me renversa. Nous roulâmes sur le sol. Je lâchai la bride de mon poney et mon arc de mûrier, qui n'aurait su m'être d'aucun secours dans un combat au corps-à-corps.

Le poids de l'Homme Rouge m'écrasait contre le sol. Je sentis son souffle sur ma figure : il empuantissait l'alcool! Je compris alors que ma chance d'être encore en vie venait sans doute du whisky qu'il avait absorbé, son attaque qui aurait dû être mortelle ayant plutôt manqué de précision!

Mais ce n'était qu'un répit et j'étais loin d'être sauvé. Je me trouvais même en mauvaise posture. A demi écrasé sous le guerrier comanche, je tentai de saisir le couteau à scalper glissé dans sa gaine à ma ceinture. Malheureusement, l'homme était très solide, lourd, dans la pleine force de l'âge. Je n'y parvins pas.

Plutôt surpris d'avoir manqué son coup, le Comanche avait secoué la tête, et il attaqua de nouveau. Il se redressa, leva sa hache de guerre. En une fraction de seconde, je compris que c'était la fin.

Et puis un sursaut de toute ma volonté me projeta vers mon assaillant. Au lieu de tenter d'éviter l'arme redoutable par un mouvement de côté, chose impossible, je me redressai d'un seul coup! Mon front vint frapper de plein fouet le visage du Comanche. J'entendis les os de son nez craquer sous le choc. Un râle s'échappa de sa bouche, il grogna sourdement.

Trente-six étoiles tourbillonnaient dans ma tête. Je crus sur le moment m'être assommé pour de bon. Un bruit mat sur le sol attira mon attention : le guerrier abandonnait son tomahawk. Je me crus sauvé.

J'étais perdu.

Ses deux mains puissantes se refermèrent autour de mon cou. Comme de redoutables serres. Je sentis les ongles pénétrer dans ma chair. Puis les deux pouces du Comanche commencèrent d'appuyer lentement sur ma gorge. Inexorablement, ils serreraient, jusqu'à ce que l'air ne puisse plus passer.

J'eus l'impression que les yeux allaient me sortir de la tête. Inutilement, j'ouvris la bouche. Dans quelques secondes à peine, tout serait fini.

Hanhepi, c'est la nuit, dans notre langue sioux. Et pour moi, elle sembla tout à coup se faire obscure, totale. Comme si on m'avait jeté un voile sur les yeux, *maka sitomni*, le monde entier, l'univers, disparut.

Les pouces appuyaient toujours sur ma gorge et les ongles pénétraient dans mon cou. Je ne respirais plus, j'étais paralysé. La vie, si elle ne m'avait pas encore quitté, était près de le faire.

Cet étranglement avait été porté de façon brutale et si rapide, que j'avais à peine esquissé un geste de défense. Mes mouvements désordonnés des bras

étaient restés sans force. Mes mains n'avaient trouvé aucune prise sur la poitrine nue du Comanche, masse de muscles durs. Je laissai retomber mes bras contre mon corps.

Je me sentis résigné, vaincu.

Le sang frappait durement à mes tempes. Ma poitrine était en feu, totalement privée d'air. Le Comanche haletait au-dessus de ma tête et il fit un dernier effort dans l'étranglement qu'il me portait. Puis il relâcha sa prise, croyant que j'étais mort.

Ce fut son erreur.

Sans doute l'alcool avait-il émoussé ses réflexes et la précision des gestes qui sont nécessaires au combat. Sans prendre le temps de retrouver mon souffle, j'appuyai mes coudes sur le sol. Puis, d'un mouvement brusque, je relevai un genou qui vint frapper l'Indien en plein ventre. L'homme roula sur le côté en se tordant de douleur dans tous les sens. Visiblement, il ne pensait plus à moi!

Encore à moitié asphyxié, j'aspirai l'air à grands coups, la bouche largement ouverte. J'étais sans force. Si le Comanche avait pu revenir à l'attaque à cet instant précis, j'aurais été incapable de faire un geste pour me défendre.

Et puis, je commençais à retrouver mes forces, je récupérais lentement. L'homme à côté de moi avait cessé de geindre, il voulait tenter de se relever. Il redressa la tête : la bouche tordue sur un rictus, ses yeux me lancèrent un regard chargé de haine. Je devinai son geste : celui de prendre à sa ceinture son couteau à scalper.

Désarmé, je n'avais aucune chance.

Malgré ma faiblesse, je devais faire le même geste que lui. Le plus rapide seul s'en tirerait.

*
* *

Le guerrier comanche se retrouva sur pied en même temps que moi. Chacun de nous avait son poignard dans la main : ce serait un duel à armes égales, jusqu'à la mort.

L'Homme Rouge fit un pas en arrière puis bondit sur moi. Il lança son bras armé en avant. De ma main libre, je saisis son poignet au vol, parvenant à bloquer son geste. De mon côté, je voulus le frapper mais le manquai. L'Indien en profita pour m'agripper l'épaule droite. Je tentai de me dégager et cela m'obligea à pivoter sur place : l'homme se libéra!

Nous nous retrouvions au point de départ.

Les yeux dans les yeux, à deux pas l'un de l'autre, nous entreprîmes de tourner sur place, comme deux coqs de combat. La lune s'étant légèrement démasquée, notre combat devenait plus aisé. Il serait plus efficace, plus bref aussi. J'échangeai alors quelques passes rapides avec le Comanche, mais sans succès. Il attaqua plusieurs fois, sans marquer d'avantage. Comprenant que nos forces étaient égales, il rompit soudain le combat rapproché : en trois bonds, il se retrouva à cinq pas de moi! Déconcerté, je ne compris pas sur le moment ce qu'il voulait faire, mais je ne tardai pas à deviner sa feinte...

Il fit sauter son poignard dans sa main, le rattrapa. A présent, il tenait son arme par la lame, le manche dirigé vers moi avec un sourire de victoire. Puis il leva lentement le bras jusqu'à la hauteur de sa tête, légèrement fléchi en arrière pour prendre plus de force, davantage d'élan...

Mon cœur cessa de battre. A cet instant, je me sentis complètement perdu.

Encore une fraction de seconde et l'arme jaillirait dans ma direction, avec une précision implacable. J'étais paralysé sur place.

Le temps sembla s'être arrêté. Pourtant, dans le ciel, un vent léger avait poussé la frange nuageuse qui masquait encore un peu la lune. Celle-ci resplendit alors pleinement.

Pour me sauver.

A l'instant précis où le Comanche lançait sa lame, j'agitai vivement la mienne devant moi. Elle accrocha la lueur de la lune, brilla d'un seul coup en lançant un éclair. Quoique ébloui, l'Indien avait cependant lancé son arme : elle me siffla à l'oreille car je venais de me laisser tomber à genoux sur le sol!

A présent, l'homme se trouvait désarmé. Il était à ma merci. Il le comprit aussitôt et, avant que j'aie eu le temps de me redresser, il pivota sur place

« Il va se sauver! me dis-je. Il faut l'en empêcher à tout prix! »

Le Comanche me lança un dernier regard de haine, puis partit en courant, d'une foulée souple. Dans ma main, le couteau à scalper devenait inutile. Heureusement que la lune brillait toujours : en deux bonds, je ramassai mon arc de mûrier, m'énervai un peu à trouver une flèche...

« Dépêche-toi, Cheval-Tonnerre : le guerrier va donner l'alerte. Il est encore temps... »

Je bandai mon arc et lâchai la flèche de roseau. A ce moment-là, la lune fut masquée de nouveau, m'enveloppant de nuit.

Avais-je atteint le guerrier comanche?

CHAPITRE XIV

CHEZ LA TRIBU SERPENT

L A NUIT allait bientôt finir. Les premières lueurs
de l'aube ne manquaient pas de me rendre
visible à plusieurs centaines de pas.

Apparemment, le Comanche que j'avais affronté
était posté en sentinelle avancée : où se trouvaient
les autres? Le moindre parti de Faces Rouges, lorsqu'il est en guerre, ne manque pas de rester sur ses
gardes. Ces guerriers comanches ne devaient pas

faire exception à la règle, malgré leur orgie de whisky...

Il fallait d'abord que je retrouve mon Comanche, mort ou vif. D'une foulée légère et silencieuse, je me dirigeai vers l'endroit où il devait être tombé. J'aperçus en effet sa forme allongée sur le sol : je l'avais touché juste au moment où il allait atteindre un buisson assez touffu.

Je me penchai sur le corps. Ma flèche de roseau avait pénétré profondément dans son dos, atteignant sans doute le cœur. L'homme était mort sur le coup et je n'en avais plus rien à craindre. Je n'éprouvais aucune joie mais savais maintenant que l'alerte ne serait pas donnée. Je retournai le cadavre pour essayer de déchiffrer, malgré l'obscurité encore dense, ses peintures tribales. Ainsi pourrais-je en savoir assez sur le parti comanche qui nous donnait la chasse.

Le temps me manqua.

Et la vie à cet instant faillit me quitter brutalement, sans que j'eusse seulement le temps de comprendre exactement ce qui m'arrivait.

*
* *

Mon sixième sens — celui du chasseur ou du gibier traqué? — me mit cependant en éveil au dernier moment. Un danger s'approchait de moi. Je m'immobilisai sur place.

Quelle était cette menace? Je ne pouvais pas encore le savoir. Mais je commençais à « reconnaître » le creux du vallon que j'avais *vu* durant mon échange de pensée avec Celui-qui-sait. C'était là que devaient se trouver les Comanches endormis.

Malheureusement, ils ne l'étaient pas.

Cinq guerriers bondirent, l'arme haute, des buissons qui m'entouraient. Le combat serait trop inégal pour qu'il puisse durer longtemps et, de toute façon, l'issue pour moi devrait être fatale. Avant d'avoir pu esquisser le moindre geste de défense, le premier guerrier fut sur moi. Il arriva par-derrière, légèrement sur ma droite, et me porta un coup très violent à la tête. Je n'avais pas encore atteint le sol que, déjà, j'avais perdu connaissance.

Lorsque je revins à moi, je me trouvais dans le creux du vallon, étendu sur le sol, entouré de guerriers comanches. Le jour se levait rapidement. Combien de temps étais-je resté évanoui? J'estimai qu'une demi-heure environ s'était écoulée depuis que j'avais reçu mon coup sur la tête.

Je tentai de me redresser, mais une douleur fulgurante me traversa le crâne. J'y portai la main et la retirai, couverte de sang. Instinctivement, je tâtai du bout des doigts ma mèche de cheveux : je n'avais pas été scalpé.

Du moins, pas pour l'instant...

Dès que je parvins à me remettre sur mes pieds, le *blota hunka*, le chef de guerre comanche, entama le dialogue en utilisant le langage des signes :

« Que vient faire la Face Pâle sur le territoire des Comanches, la tribu Serpent?

— Je suis venu pour discuter, parler pour nous entendre. »

Cette affirmation déclencha quelques réactions

161

sceptiques. Puisqu'ils avaient l'avantage, les guerriers rouges étaient prêts à prendre toutes mes réponses comme autant de mensonges. Dès le début, je fus donc sans illusions et la réponse du chef ne me surprit pas :

« Ta langue est fourchue. Comme celle de tous les envoyés du Grand-Père de Tous [1]! Chaque fois que nous les avons rencontrés, ils nous ont trompés!

— Mon cœur appartient aux Lakotas, du clan des Oglalas. Je suis un Sioux. »

Pour « dire » que j'étais un Sioux, je tins ma main droite horizontalement, la paume tournée vers le sol, juste en dessous du menton. Puis je fis le geste de couper la tête, qui est le signe distinctif de cette tribu.

« Les Comanches sont-ils en guerre en ce moment contre les Sioux? demandai-je ensuite.

— Non. Mais je vois que ta langue est encore plus fourchue que toutes les autres!

— Celui qui ne veut pas entendre la vérité prétend qu'il a les oreilles bouchées. »

Les guerriers restèrent un moment silencieux. Puis le chef de guerre comanche tendit sa main gauche, la paume vers le sol. Il la frotta à trois reprises avec le bout des doigts de l'autre main, depuis le poignet jusqu'au bout des doigts. Ce geste signifiait le mot « Indien ». D'autres gestes suivirent, que je traduisis par :

« Les Indiens sont des hommes droits. Leur cœur et leur esprit sont droits. La race blanche a-t-elle seulement un cœur? »

1. Le Président des Etats-Unis.

Je répondis :

« Si j'étais seulement une Face Pâle, et si je n'avais pas de cœur, pourquoi serais-je ici en ce moment? »

Le *blota hunka* et les guerriers comanches qui l'entouraient réfléchirent durant une longue minute, sans répondre. Alors, je dis encore :

« J'appartiens à la race des hommes droits, qu'elle soit blanche ou rouge. Je sais ce qui est bon pour les uns et pour les autres. Je ne suis pas de ceux qui donnent leur cœur deux fois de suite, et qui trahissent à la première occasion pour sauver leur vie. »

Le chef de guerre comanche ricana :

« Pourquoi as-tu tué un de nos guerriers tout à l'heure?

— Il m'avait attaqué : je me suis battu loyalement avec lui...

— ... et tu l'as tué d'une flèche *dans le dos*!

— Il a fui. A cette distance-là, en pleine nuit, je n'aurais pu atteindre qu'un coyote peureux qui se sauve dès qu'on élève la voix. Est-ce que ma flèche a atteint un coyote peureux? »

Les Comanches se murèrent dans un silence gêné. Puis ils discutèrent entre eux, ne semblant pas très d'accord sur ce qu'ils allaient faire de moi. Enfin le chef des Comanches reprit :

« Seul un Indien aurait pu tuer ainsi d'une flèche. Un Blanc, non, car sa main aurait tremblé, sauf si elle avait tenu une carabine! Mais il n'aurait jamais trouvé notre campement en pleine nuit, pas plus que nos traces. Comment as-tu fait? »

J'hésitai, puis :

« J'ai demandé ma route à Celui-qui-sait, le *pejuta wicasa*, le voyant-guérisseur de mon clan, qui campe dans les Paha Sapa... »

Les Collines Noires se trouvaient à des centaines de miles de là et, pourtant, le Comanche ne pouvait que me croire :

« Je reconnais, dit-il, que tu es *un peu* Indien... »

Je sentis mon cœur soulagé d'un grand poids : j'étais sauvé. Malgré la douleur qui courait toujours dans mon crâne, j'étais prêt à sourire. Mais le *blota hunka* acheva :

« Oui, tu es un peu Indien. Aussi, tu vas mourir comme les Faces Rouges. »

*
**

Le Porteur de Pipe [1] comanche était un guerrier sans grande allure. De taille assez petite, rien n'aurait su le distinguer des autres guerriers, si ce n'était la force émanant de toute sa personne.

Son regard était dur, perçant. Il pénétrait littéralement le corps, traversait l'esprit comme pour deviner les pensées les plus secrètes. Son nom était Grande-main.

Il me fixa longuement, mais je ne baissai pas les yeux. Il comprenait difficilement qu'un Blanc comme moi ait pu s'identifier pleinement aux Hommes Rouges. Des *mountainmen* et des trappeurs

1. Nom donné au chef d'une expédition guerrière. C'est lui qui transporte le calumet, autour duquel se réunissent les guerriers ayant décidé de le suivre.

adoptaient couramment comme moi des chemises en peau de daim et des mocassins, mais ils ne se faisaient pas raser les côtés du crâne pour ne conserver que la mèche du scalp! Ils n'utilisaient pas non plus un arc de mûrier et préféraient toujours un bon fusil, une carabine ou une paire de revolvers à six coups.

Intrigué, le *blota hunka* m'observait, hésitant encore entre l'estime et la haine. Je ne voulus pas le forcer à m'expliquer sa décision en ce qui concernait ma mort, et demeurai immobile. Avec indifférence, je regardais son tour de cou fait de coquillages appelés dentales, de rondelles d'os percées et de perles de cuivre avec, juste au centre, un disque de nacre, symbole solaire. Enfin, le chef s'anima pour reprendre par signes :

« Oui... le jeune *un peu* Indien ira mourir comme les Faces Rouges : il marchera à nos côtés pour vaincre les hommes blancs. J'ai dit. »

En devant me joindre aux Comanches pour aller attaquer les *traders*, je tombais dans le piège de la tribu Serpent! Comment me tirer de ce mauvais pas?

Dès l'instant où je partirais à l'attaque du convoi en tête des guerriers rouges, mon avenir était sombre. Je me donnais à peine vingt chances sur cent de ne pas me faire tuer, car les *traders* ne tiraient pas tous très bien. Encore fallait-il conserver ces chances à tout prix!

Par signes, je demandai à Grande-main :

« Tu as dit que je devrais mourir comme les Faces Rouges?

— J'ai dit cela.

— Bien. Alors j'irai à l'attaque *exactement* comme tes guerriers! »

Là-dessus, j'enlevai ma chemise de daim, la jetai sur le sol. Puis je demandai encore :

« Fais-moi donner un pagne semblable à ceux de tes hommes! »

Grande-main fit « non » de la main, d'un geste sec. Il était furieux. Puis, de façon tout à fait inattendue, il se mit à rire, prenant ses guerriers à témoin :

« Notre *frère* lakota a l'esprit du serpent. Comme lui, sa langue est fourchue. Mais Grande-main voit clair dans son esprit et ne se laisse pas tromper! »

Le *blota hunka* m'avait percé à jour. D'ailleurs, il enchaîna avec un sourire légèrement ironique :

« Remets ta chemise de daim : je sais que tu sauras mourir comme un brave... »

Je n'avais plus qu'à m'exécuter.

En remettant ma chemise de peau blanche, je perdais mes vingt pour cent de chances de rester en vie : pour monter à l'assaut des chariots, *je serais alors le seul à être vêtu de la sorte*. Lors de l'attaque, les *traders* ne verraient plus que moi. Ils me reconnaîtraient aussitôt. Et tous tireraient d'une même salve, comme un peloton d'exécution : me voyant chevaucher ainsi en tête des Comanches, je ne serais plus qu'un traître à abattre! Sans parler d'Harry Colton et de l'équipe du vieux Steed, aucun n'hésiterait. Ni Clint Patte-de-bois, Kate ou Nella Parker, pas même le jeune Tex...

Décidément, je n'avais plus aucune chance de m'en

tirer vivant. Grande-main sembla penser la même chose que moi, et cela parut l'amuser.

Je me composai alors un masque impassible. Puis je souhaitai intérieurement que Clint Patte-de-bois me vise à la tête pour m'abattre du plus loin qu'il m'apercevrait.

Pour ne pas voir dans les yeux des *traders* briller leurs regards de reproche.

*
**

Le parti comanche se mit en marche aux premières lueurs de l'aube. Regroupant plusieurs détachements, il représentait environ trois cents guerriers. Grande-main me garda auprès de lui, probablement pour conserver un œil sur moi. Sans doute aussi voulait-il se rendre compte par lui-même de la façon dont je saurais mourir. C'était sans importance. Je me dis :

« Cheval-Tonnerre, regarde bien autour de toi. Observe la Terre-mère que tu ne verras plus, mais qui va te reprendre bientôt. Ne regrette rien. Sauf peut-être que Topsonnah apprenne un jour comment tu es mort, et qu'elle ne comprenne pas très bien ce que tu auras fait. »

Lorsque nous eûmes chevauché pour arriver assez près du cercle des chariots, Grande-main fit arrêter sa troupe. Tous les guerriers demeurèrent derrière une colline, hors de la vue des *traders* retranchés. Les chefs de détachement vinrent auprès du *blota hunka* pour tenir un rapide conseil avant l'attaque. Grande-main voulut que j'y assiste, tout comme un

Homme Rouge. Chacun donna son avis, puis mon tour arriva. Le chef des Comanches me demanda :

« Le jeune guerrier *un peu* Indien connaît bien le dispositif des Faces Pâles. Qu'il dise la meilleure façon d'attaquer! »

Je laissai passer quelques secondes, faisant mine de réfléchir, de peser le pour et le contre, puis :

« Les Faces Pâles ont eu le temps de renforcer leurs défenses durant la nuit. Après avoir attaché les chariots entre eux avec des cordes, ils auront creusé des tranchées entre les roues pour se protéger des balles et des flèches. Le combat sera dur. Tournoyer autour du cercle des chariots ne servirait qu'à perdre inutilement des hommes : il faudra attaquer en masse d'un seul côté.

— Lequel?

— *Par l'ouest.* Le terrain sera ainsi à l'avantage des Faces Rouges. A cet endroit... »

Grande-main ricana et lança :

« Le jeune guerrier qui se dit *un peu* Sioux cherche à nous attirer dans un piège! »

Les guerriers murmurèrent, puis le chef précisa sa pensée :

« En voulant nous faire attaquer par l'ouest, le jeune guerrier nous fera décimer, car les meilleurs fusils doivent se trouver justement de ce côté! En plus... »

Là, le chef comanche s'arrêta et plissa ses yeux d'un air rusé. Il me fixa par les fentes de ses paupières bridées. Son regard vrilla tout mon être, mais je ne bronchai pas. Il enchaîna :

« ... en plus, il voudrait que nous attaquions *avec*

le soleil dans les yeux, pour nous faire tuer plus facilement! »

Plusieurs guerriers exprimèrent violemment leur colère. Le *blota hunka* les fit taire et décida :

« Puisque le jeune guerrier *un peu* Lakota voulait nous faire attaquer par l'ouest, nous arriverons tous par l'est! »

Je parvins à rester impassible. Puis je baissai légèrement la tête pour que mon regard ne trahisse pas ma joie : j'avais réussi à faire porter l'attaque des Comanches exactement à l'endroit que je souhaitais.

Avec le soleil de face bas sur l'horizon, les *traders* auraient beaucoup de mal à me reconnaître. Du coup, j'avais quelques chances de m'en sortir vivant. Mais je dirigeais surtout le plus fort de l'attaque sur un point très précis : les chariots du vieux Steed!

Clint Patte-de-bois les avait-il bien fait mettre en place face à l'est, ainsi que je le lui avais ordonné?

CHAPITRE XV

LA FIN DU VOYAGE

« LES HOMMES ROUGES attaqueront par l'est, puisqu'ils l'ont décidé ainsi! fis-je remarquer aux
Comanches. Je ne dirai rien contre cela. Mais de
ce côté, je connais quelques bons fusils qui feront
des ravages...

— Que proposes-tu?

— D'incendier les chariots qui se trouvent là :
ils sont remplis de paille et de foin. »

Grande-main réfléchit profondément, imaginant sans doute que ma langue était plus fourchue que la sienne. Pour le convaincre du contraire, j'annonçai brutalement :

« Voici mon arc de mûrier et mes flèches en roseau. Donne-moi de l'étoupe et je marcherai en tête de tes guerriers : je lancerai moi-même la première flèche enflammée. J'ai dit! »

Cela l'ébranla. Naturellement, Grande-main ne pouvait pas deviner que je prendrais un malin plaisir à tirer le premier sur le convoi que je devais mener à Santa Fe. En effet, ma joie serait grande à lancer des flèches enflammées sur les chariots du vieux Steed.

Le *blota hunka* approuva finalement mon idée, puis leva son bâton de commandement : le parti comanche se mit en route aussitôt pour aller prendre position et préparer l'attaque.

« Pourvu, me dis-je, que les bâches et la paille servant à caler les caisses d'armes prennent feu facilement! »

Dans quelques minutes, j'allais être fixé — à moins que je ne perde la vie soudainement en arrivant à portée des fusils.

Les rayons du soleil frappèrent notre dos. Autour de moi, les Comanches avaient allumé des torches. Ils distribuèrent le feu pour enflammer l'étoupe fixée aux flèches. Je tendis la mienne puis, dans un silence impressionnant, nous gravîmes la colline qui nous masquait encore les chariots. Le soleil montant dans le ciel émergea sur la crête en même temps que nous.

Alors un hurlement terrible retentit sur la Prairie : le cri de guerre des Comanches...

*
* *

Ensuite, tout alla très vite. Les poneys dévalant la colline, les premiers coups de feu, les balles sifflant aux oreilles. J'aperçus les chariots du vieux Steed, bien en place droit devant nous, et je décochai ma flèche enflammée. Dix autres furent tirées autour de moi. Malgré la galopade, la distance et les coups de feu, j'entendis clairement des cris aigus. Puis de grandes flammes embrasèrent les bâches d'un seul coup : les caisses de fusils des *traders* seraient détruites en quelques minutes !

J'arrivais à proximité des chariots, lorsqu'un incident imprévu se produisit. Frappé par une balle en pleine poitrine, le Comanche qui se trouvait à ma gauche rabattit son poney sur moi. Le mien fit un écart brutal et me jeta par terre. Je me sentis alors devenir tout léger, les bruits et les cris s'estompèrent autour de moi, les images s'évanouirent. Pendant un instant, j'eus l'impression de tomber dans un grand trou noir.

Puis ce fut le silence complet : ma tête blessée venait de porter durement sur des pierres...

Lorsque je revins à moi, j'étais couvert de sang, mais je me rendis compte qu'il provenait de la blessure du guerrier m'ayant fait tomber. Partout, les Comanches tournaient, assez indécis quant à ce qu'ils devaient faire. Les quatre chariots du vieux

Steed brûlaient et les guerriers ne pouvaient franchir ce rempart de flammes. Soudain, j'aperçus Grande-main qui galopait dans ma direction. Les *trader*s tiraient sans interruption, mais aucun ne parvenait à l'atteindre.

« Si j'arrive à l'abattre, me dis-je, les Comanches tourneront bride et rompront le combat. Pour élire un nouveau chef, ils devront rejoindre leurs campements pour une assemblée. Le convoi sera sauvé. »

Le *blota hunka* arrivait à ma portée. Je me dressai d'un seul coup, bondis pour le jeter à bas de son poney. Nous roulâmes ensemble sur le sol. Dans la chute qui avait entraîné mon évanouissement, j'avais perdu mes armes : j'accrochai la ceinture du chef comanche et m'emparai de son couteau à scalper. Mais l'Homme Rouge se dégagea brutalement, il se redressa, leva son tomahawk.

Grande-main fixa ses yeux au fond des miens. Je lus dans son regard qu'il savourait l'instant de sa victoire : celle de me tuer, mais aussi de se convaincre pleinement que je n'avais jamais été *un peu* Indien...

Il triomphait, je ne lui en voulus pas.

C'est à ce moment-là qu'une balle tirée du cercle des chariots le frappa en pleine tête. Il glissa sur le sol et je me relevai, son couteau à scalper à la main.

Avant d'avoir eu le temps de réaliser ce qui m'arrivait, j'entendis un long hurlement lugubre : les Comanches venaient de s'apercevoir de la mort de leur chef. Il y eut des flottements dans leurs rangs, des consignes passèrent rapidement de guerrier à guerrier. Puis les Hommes Rouges tournèrent bride pour escalader la colline d'où nous étions venus. Ils disparurent et un silence étonnant s'abattit d'un seul coup sur le champ de bataille.

Couvert de sueur et de sang, la tête et les membres douloureux, je me sentis soudain très fatigué...

*
* *

« L'Indien! Voici l'Indien! C'est lui, j'en suis sûr! »

Je reconnus la voix de M. Parker, accourant vers moi pour m'accueillir. Il était tout joyeux :

« Tu sais, l'Indien, j'ai monté la garde jusqu'à la la fin de la nuit, pour t'attendre avec les autres. Tu n'arrivais pas, mais j'étais sûr que tu reviendrais : l'essentiel est que tu sois là à présent! »

Les *traders* se pressaient pour me faire fête. Vainqueurs, ils parlaient tous en même temps pour me raconter leur victoire :

« Les Comanches ont attaqué avec le soleil : tous les chariots du vieux Steed ont brûlé! Il n'en reste rien...

— Il faut dire aussi que le vieux bonhomme est mort, ainsi que ses « garçons ».

— Seul Pedro Torrès s'en est tiré : blessé, il s'était caché derrière un tonneau...

— Harry Colton a disparu, m'annonça Clint Patte-de-bois. On recherche son cadavre parmi les morts. Ah, l'Indien, si tu avais vu cette attaque! Par tous les esprits qui hantent la Prairie, on aurait dit la charge de cent mille bisons!... Heureusement que j'ai tué le chef comanche d'un coup de fusil : j'ai sauvé le convoi!...

— Eloignez-vous tous! ordonna soudain Mme Parker. Vous voyez bien que ce jeune homme est blessé, peut-être même est-il à deux doigts de la mort! Il faut le soigner tout de suite.

— Je vais t'aider, maman, décida Nella. Il en a en effet bien besoin... »

A bout de forces, je me laissai faire. Puis Clint Patte-de-bois cligna de l'œil et me dit :

« La nuit a été dure, n'est-ce pas?

— Oui. Elle a été très longue aussi.

— Tiens, bois un coup. Malheureusement je n'ai que du whiksy...

— Ça ne fait rien : donne toujours!

— Quand repartons-nous, capitaine?

— Demain matin. A l'aube. Après avoir enterré les morts, soigné les blessés et regroupé les bêtes. »

*
* *

Nous reprîmes la piste de Santa Fe.

Les miles succédèrent aux miles et nous eûmes à fournir encore de nombreux efforts. Des étapes importantes nous attendaient. Elles s'appelaient Wagon Box Springs, Camp Nichols, Rabbit Ears Mountain, Watrous. Au moment d'atteindre le carrefour à la hauteur du raccourci de Cimarron, je demandai un vote à main levée, et tous les *traders* choisirent de traverser le désert. Clint Patte-de-bois fit alors établir avec beaucoup d'attention les rations d'eau de chaque chariot : l'étape serait longue, hommes et bêtes ne trouveraient pas à s'approvisionner avant plusieurs jours.

Nous nous engageâmes dans l'immensité déser-

tique. Un vent sec fouettait nos visages. Il balayait la terre stérile, faisant bruisser les rares buissons d'épineux squelettiques.

Le second jour, il se mit à souffler plus fort. Ses rafales soulevèrent de la poussière, du sable et même du gravier. Hommes et bêtes abaissaient sans cesse leurs paupières pour protéger leurs yeux, mais cela restait sans effet. Enfin, la récompense se trouvant toujours au bout des peines, nous sûmes un matin que nos maux s'achevaient.

« Courage, les gars, cria un ancien *bull-whacker*. Mes bœufs sentent l'écurie!

— Santa Fe! Santa Fe, nous sommes arrivés!

— Oui, nous avons gagné! »

Nous étions arrivés en haut de la colline de cèdres dominant la ville. Un vaste paysage s'étendait devant nous. Les forêts, sur les pentes des monts Sangre de Cristo à l'est et du plateau à l'ouest, faisaient des taches sombres. Au sud, les monts Sandia semblaient escalader les rayons du soleil.

« Je ne m'imaginais pas Santa Fe aussi belle! remarqua un jeune *mule-skinner* dont c'était le premier voyage.

— Je te l'avais pourtant dit : c'est plus beau qu'un mirage! » répondit un ancien de la piste.

Les hommes regardaient avec émerveillement la ville qui les avait attirés jusque-là comme une Terre Promise.

La caravane s'arrêta, les bêtes efflanquées soufflèrent. Et puis, soudain, les *traders* furent saisis d'une fièvre subite :

« Faisons-nous beaux!

— Tu as raison : je vais me laver!

— Prête-moi ton rasoir!

— Où est donc passée la serviette propre que je gardais depuis Kansas City?

— Kate, Nella, préparez-vous! cria Mme Parker. Nous sommes arrivés! »

Mme Parker était déjà prête. Elle portait une robe de cachemire bleue, aux petites garnitures de velours, agrémentée d'innombrables boutons d'acier. Son mari avait sur le visage l'expression dure d'un homme qui va affronter une nouvelle aventure. Roy Doolin s'occupait de son père, qui appelait sa femme.

« Je vois des chevaux *pinto* [1], trépigna le jeune

1. De l'espagnol *pintado*, peint. Cheval à la robe bigarrée et aux yeux bleus ou vairons. Son origine remonte à 1519 : Hernan Cortès débarqua avec 16 chevaux, dont 2 étaient pie.

Tex. Regarde là-bas, l'Indien, il y a un splendide troupeau! »

Ce gamin avait vraiment les yeux d'un authentique éleveur de bétail. Mais il restait un sacré menteur : deux malheureuses rosses n'ont jamais fait un magnifique troupeau...

Les hommes sortaient fébrilement leur chemise de rechange, rouge ou bleue, celle dont la couleur a moins passé. Ils appliquaient de la graisse d'ours sur leurs grandes bottes, comme ils l'avaient vu faire, par souci d'élégance, au vieux Steed. Enfin, ils brossaient leur chapeau du revers de la main, crachaient sur le ruban pour le faire briller.

Ils étaient prêts.

« On se retrouvera ce soir à la Fonda, dit un vieux roulier de la piste. Il y aura un « fandango » et les plus belles filles de la ville seront là!

— Alors, gare à tes dollars et à tes pesos, camarade!

— N'aie crainte : je suis venu ici pour faire fortune, pas pour m'endetter! »

N'empêche que dès ce soir, ils joueraient tous aux dés, iraient dans les *bailes* danser des boléros, vider des verres de pulque l'un derrière l'autre, avant de reprendre la piste avec tous ses dangers, dans l'autre sens, jusque vers l'Est.

Des bandes de gamins mexicains dépenaillés accoururent à la rencontre des chariots. Là-bas, au loin, en tête du convoi, ils se mirent à crier :

« *Los Americanos! Los carros! La entrada de la caravana!* »

Je suis sûr qu'à ce moment-là, le capitaine Bar-

179

neys aurait été heureux d'être à mes côtés, et qu'il aurait été fier de moi.

*
* *

J'avais réussi à conduire les *traders* jusqu'à Santa Fe. Malgré les jalousies et les haines des hommes, les guerriers comanches, la traversée des rivières à gué, le désert de Cimarron aux cactus-candélabres géants.

Un adolescent blanc de mon âge, cette affaire terminée, aurait peut-être senti sa poitrine se soulever d'un immense sentiment de fierté : celui d'avoir vécu sa vie une fois pour toutes. C'est possible. Car ce fut une magnifique aventure chaque jour renouvelée. Il fallait avoir la résistance d'un bison des Grandes Plaines et la volonté des pionniers d'autrefois — ceux qui ouvrirent la piste vers l'Ouest.

Le chariot des Parker arriva à ma hauteur. Le jeune Tex avait pris les rênes des mains de son père, pour plastronner devant les gamins mexicains. Je levai la main en signe de paix et d'adieu.

« A *Thanksgiving Day*[1], me cria-t-il, j'aurai treize ans! »

Ou seulement huit, ou peut-être neuf, c'était impossible à savoir exactement avec un menteur pareil! Peu importait. Je décidai de lui faire un cadeau.

Me rappelant qu'il avait peut-être l'intention de voler des chevaux plus tard, mais surtout envie d'élever des troupeaux de cent mille ou deux cent mille

---

1. En automne, le 28 novembre.

bêtes, la vie serait bien dangereuse pour lui. Car il ne perdrait jamais cette habitude de raconter des histoires à tout le monde. Il fallait donc que je lui fasse un cadeau utile.

Prenant par la lame le couteau à scalper de Grande-main, je le lançai avec force vers le garçon. Le poignard comanche se planta dans la banquette du chariot, à un doigt à peine de sa cuisse. Il ne broncha pas. Il me remercia simplement d'un bruyant :

« Merci, monsieur l'Indien, merci beaucoup! C'est un couteau à *scalper*, n'est-ce pas? Je m'en souviendrai... »

Je lui répondis d'un mouvement de tête et levai la main de nouveau, en signe de paix.

Le chariot des Parker acheva de passer devant moi. A l'arrière, j'aperçus Kate et Nella terminant de

se préparer, de se faire belles avant d'entrer dans la ville.

« Nous sommes à Santa Fe! me cria Nella. C'est magnifique, non?

— Oui, oui, c'est magnifique... »

Elle rougit un peu. En bas, la ville de légende attendait les belles filles comme elle. Avec ses grandes maisons ocre et vermillon, ses balcons en fer forgé. Des *caballeros* arrogants tourneraient autour d'elle, le sombrero planté au ras des yeux, la taille bien prise et le jarret tendu dans des pantalons serrés fendus à la cheville.

Je *crus* entendre au loin des accords de guitare et crépiter des castagnettes. Il me *sembla* sentir une odeur d'huile de friture flotter dans l'air. C'étaient autant d'invitations mais je n'y répondis pas. Je savais que pour moi la vie ne serait qu'une succession d'épisodes divers et dangereux. Que serais-je descendu faire là-bas? Ma randonnée autour du vaste monde ne s'arrêtait pas à Santa Fe, ni au Nouveau-Mexique: elle me mènerait loin, toujours plus loin...

Immobile sur mon poney, je regardais la ville.

Pour moi, elle n'était pas un aimant magique. Je la voyais avec les yeux lucides de la réalité : ses rues n'étaient que de simples routes au tracé irrégulier. Des Indiens Pueblos assis somnolaient à l'ombre dans la poussière, des Utes se pavanaient dans des couvertures rouges. Les maisons aux toits en terrasses construites en pisé, appelé adobe, conservaient la couleur de la boue séchée. Seuls, le Palacio ou maison du gouverneur, les casernes, le bâtiment des Douanes et la maison des Alcades avaient quelque allure. Malgré cela, je trouvai la ville ordinaire, quelconque, probablement parce que je n'avais rien à attendre d'elle.

D'un geste, j'appelai Clint Patte-de-bois. Il galopa aussitôt jusqu'à moi.

« En bas, tu surveilleras les hommes, Clint. Qu'ils ne fassent pas trop de bêtises avec les Mexicains...

— Compte sur moi, l'Indien. Mais... tu ne viens pas avec nous?

— Non, je vous quitte ici.

— Ah!... »

Il semblait avoir du mal à comprendre. Après un silence, il se gratta la nuque, puis lança :

« Alors, je boirai une rasade à ta santé, l'Indien!

— Merci. Et remplis-toi la panse avec les autres de « carne con chile », tu l'as bien mérité!

— Je n'y manquerai pas!

— Que vas-tu t'acheter, qui te fait envie depuis le départ de Council Grove?

— Tu ne le devines pas, l'Indien? Une paire de bottes, parbleu! Mais comme avec ma patte en bois je n'ai besoin que d'une seule chaussure, je la ferai fabriquer sur mesure! Avec un haut talon et un éperon d'argent massif, entièrement cloutée d'étoiles en cuivre. Et quand je retraverserai le Territoire, personne ne pensera à me tuer pour me la voler : que ferait-on d'une seule botte, l'Indien? »

Nous éclatâmes de rire, avant de nous serrer la main, puis il galopa vers Santa Fe.

Les derniers chariots passèrent devant moi. Ils descendirent lentement la colline et la poussière dorée retomba derrière eux. Les *traders* emportaient avec leurs marchandises leurs projets de fortune et tous les rêves qui roulaient dans leur tête. Aucun d'eux ne sembla s'apercevoir que je les quittais là. Je n'avais fait que traverser leur existence et ils n'avaient plus besoin de moi : dans moins d'une heure, ils m'auraient oublié.

Alors, je fis tourner mon poney sur lui-même. Il se cabra et, le soleil dans le dos, je le lançai en avant.

Le vent de la Prairie me frappa au visage.

Et je le reconnus pour ce qu'il était : le souffle de Wakan Tanka venu des Grandes Plaines, pour m'apporter l'appel de la nation lakota.

Prochain volume à paraître :

CHEVAL-TONNERRE
ET LES TUNIQUES BLEUES

TABLE

Avant-Propos 9

I. — A Kansas City 11

II. — Embarqué dans une sombre histoire. 23

III. — Je fais la connaissance
du jeune Tex 35

IV. — Un drame sur la piste 46

V. — Council Grove 58

VI. — Un commandement difficile 68

VII. — Le cas de Mme Doolin 79

VIII. — Fort Larned 90

IX. — Le langage des signes 100

X. — L'étape de Dodge City 112

XI. — Les Comanches attaquent! 124

XII. — La Prairie saura-t-elle me parler? 136

XIII. — Premier contact, rude combat! .. 147

XIV. — Chez la tribu Serpent 159

XV. — La fin du voyage 171

IMPRIMÉ EN FRANCE PAR BRODARD ET TAUPIN
7, bd Romain-Rolland - Montrouge.
Usine de La Flèche, le 15-04-1982.
6342-5 - Dépôt légal n° 4483, avril 1982.
20 - 01 - 6544 - 01   ISBN : 2 - 01 - 008479 - 9
Loi n° 49-956 du 16 juillet 1949 sur les publications
destinées à la jeunesse. Dépôt : Avril 1982.

FILS DE LA FLIBUSTE
Marc Flament

Déjà parus :

COURSE-POURSUITE AUX CARAÏBES
LES RÉVOLTÉS DU «KILLARNEY»
LE TRÉSOR FABULEUX DES INCAS
LES RESCAPÉS DE LA MER DU SUD
LES DIABLES DE LA JAMAÏQUE
L'OR DU GALION FANTÔME
POUR UNE POIGNÉE DE DOUBLONS
LE BUTIN DE CARTHAGÈNE
L'ÎLE DES BOUCANIERS PERDUS

HACHETTE JEUNESSE

LARRY J. BASH

- Comment je suis devenu détective privé

- Comment j'ai mené ma première enquête

- Comment j'ai été l'otage d'un tueur

- Comment j'ai enquêté sur un assassinat

- Comment j'ai déterré un témoin capital

- Comment j'ai aidé un faiseur de clair de lune

- Comment j'ai volé un Picasso